追放されたS級鑑定士は最強のギルドを創る 6

瀬戸夏樹

JN105310

OVERLAP

イラスト／ふーろ

『賢者の宝冠』

1週間程前、『冒険者の街』にて。

『金色の鷹《たか》』の控え室では、リリアンヌとアリクが話し合っていた。

「リリアンヌ。ロランの『火竜の島《ファフニール》』での地ならしはいつまでかかるんだ。これだけの長期間、街を離れてギルドの資金を使っておきながら、いまだに何の成果も上げられないとなれば、執行役としての資質を疑われても仕方のないことだ。事実、すでにロランの行状について、ギルドの内外から疑問の声が上がっている」

「アリク。先日も申し上げました通り、『火竜の島《ファフニール》』の情勢は思いの外厄介です。ロランさんも地元の冒険者ギルドを育てるのに苦労しています。ここは私達《たち》がしっかりと信じて支えてあげなければ」

「だが、もはやこれ以上、隊員達の不満を抑えるのは難しい。俺にも立場というものがある。『金色の鷹』の内務を蔑《ないがし》ろにして、他の街のことにばかりかかりきりになっている者を擁護するのにも限界がある。このままではロランが『火竜の島《ファフニール》』に投じてきた費用と労力が全て無駄になってしまうぞ」

「うーむ。そうですか」

リリアンヌは物憂げにペンダントを指で撫《な》でた。

『竜の涙』は悲しげに青い光を放っている。

「では、こういうのはどうでしょう。来期のダンジョン割り当てですが、『鉱山のダンジョン』を『金色の鷹』にお譲りしますよ」

「なんだと？」

「担当するダンジョンが増えれば、『金色の鷹』の収入は増加しますし、隊員達も仕事で忙しくなります。そうなれば、ロランさんへの不満も逸《そ》らすことができるでしょう？」

「確かに、それなら一時的に不満を抑えることはできるが……、しかし、それでは常々『鉱山のダンジョン』を担当している『魔法樹の守人』第二部隊はどうするつもりだ？　まさかあれだけの強者《つわもの》が揃《そろ》っている街最強の部隊を遊ばせておくわけにもいくまい。そんなことになれば、今度突き上げを食らうのは君の方だぞ」

「『魔法樹の守人』第二部隊は『火竜の島《ファフニール》』に派遣します」

「『火竜の島《ファフニール》』に？」

「はい。第二部隊も『鉱山のダンジョン』攻略に慣れてきて、そろそろ街の外に進出させる頃合いかな、と思っていたところでした。彼らを『火竜の島《ファフニール》』に派遣すれば部隊の強化に繋《つな》がりますし、ロランさんにとっても助けになるはずです。あなたとしても『金色の鷹』内部の不満を抑えつつ、立場を強化することにも繋がって……」

「三方よし、というわけか」

　アリクは腕を組んで、少し考えた。

「いいだろう。それで手を打とう」

　その後、リリアンヌはユフィネとシャクマに、ロランを支援するため第二部隊を率いて、『火竜の島《ファフニール》』へと赴くよう命じた。

　モニカも派遣部隊に志願したが、リリアンヌは何かと理由をつけて、モニカのことだけは『冒険者の街』に留《とど》まらせた。


『火竜の島《ファフニール》』へと向かう船内で、ユフィネが通路の椅子に腰掛けて休んでいると、軽薄な笑みを浮かべた男が近づいてきた。

「やっほー。彼女、ヒマ？」

　ユフィネがジロリと睨《にら》むが、男はなおのこと話しかけてくる。

「君、『魔法樹の守人』の治癒師《ヒーラー》だよね。俺は『賢者の宝冠』の魔導師なんだけどさ。どう？　あっちでちょっとお話しない？」

「おい、やめとけって。揉《も》め事《ごと》は起こすなって隊長に言われただろ」

　ツレらしき男がナンパ男をたしなめる。

「いいじゃねーか。彼女退屈してるみたいだし。ねえ」

ユフィネは男の言葉には反応せず、無表情のまま微動だにしない。

「そうツレない態度とるなよ。せっかく同じ船に乗ったんだからさ。なんなら俺が『魔導師の街』の魔法について教えてやっても……」

肩に手を置こうとしてくる男に対して、ユフィネは杖《つえ》で床をガンッと叩《たた》いて、船内にくまなく魔法陣を展開させた。

「なっ、なんだぁ？」

「これはっ。回復魔法？　バカな。こんな広範囲に魔法陣を展開させることができるなんて。こんなの『魔導師の街』でも見たことがないぞ」

『賢者の宝冠』の魔導師達が狼狽《うろた》えていると、『魔法樹の守人』の戦士《ウォーリアー》達がやって来た。

「どうされましたか。レイエス隊長！」

「この魔法陣は一体？　まさか戦闘を仕掛けられたのですか!?」

駆け寄って来た戦士《ウォーリアー》達の言葉を聞いて、魔導師達はより一層慌てた。

「た、隊長？　まさか、じゃあこの人は……」

「『広範囲治癒師《ワイドレンジ・ヒーラー》』のユフィネ・レイエス!?」

「し、失礼しましたぁ」

『賢者の宝冠』の2人は、尻尾を巻いて逃げ出した。

「ユフィネ。どうかしましたか？」

ユフィネの魔法陣を見たシャクマもやってきて、尋ねた。

「どうしたもこうしたもないわよ。だーっ、もう、いつまでこんな船の中に籠もってなきゃならないのよ。毎日、毎日、船内をウロウロする以外やることもない。変な男には絡まれるし」

「まあまあ。そう悪いことばかりでもありませんよ」

シャクマが宥《なだ》めるように言った。

「『火竜の島《ファフニール》』に行けば、久しぶりにロランさんにも会えますしね」

シャクマがそう言うと、ユフィネも怒気を緩めて、思い出を振り返る時、窓の外を見るような顔をした。

「そうね。ロランさんに会えるのは楽しみだわ。私の成長した姿をきっちり見てもらわなくっちゃ」

ユフィネがそんなことを言っていると、通路の向こうからザワザワと人の騒ぐ気配がした。

長身のスラッとした男が2、3人の配下を従えながら、近づいてくる。

胸元には『賢者の宝冠』の紋章を付けている。

「『広範囲治癒師《ワイドレンジ・ヒーラー》』はどこだ？　こっちか？」

彼はユフィネに目を留めると、すぐに彼女の非凡さに気づき、愛想のいい笑みを浮かべながら近づいて来た。

　ユフィネもユフィネで、彼が先程絡んで来た男達とは格が違うことを一目見て悟った。

（こいつ……強いな。Ａクラスか？）

「あなたがユフィネ・レイエスですか？　これは思いがけない僥倖《ぎょうこう》だ。『魔法樹の守人』が同船しているとは聞いていましたが、まさかかの名高い『広範囲治癒師《ワイドレンジ・ヒーラー》』にお会いできるとは」

「あなたは？」

「これは申し遅れました。私、『賢者の宝冠』の筆頭治癒師《エース・ヒーラー》を務める、イアン・ユグベルクと申します。『火山のダンジョン』では、強力な飛行ユニットである竜族がいることから治癒師《ヒーラー》を始めとした後衛の働きが重要です。ダンジョン内では盗賊《シーフ》に対して共同戦線を張ることもあるでしょう。その時はよろしくお願いします」

「……」

「あ、もうすぐ船が港に着くみたいですね」

　シャクマが呟《つぶや》くように言った。

　船員達が慌ただしく下船の準備を始める。

　ユフィネとイアンも下船に備えるため、その場は別れた。

港に降りた『賢者の宝冠』と『魔法樹の守人』は島の住人達によって歓呼の声で迎えられた。

両ギルドとも街の住民によって、広場まで誘導される。

『賢者の宝冠』筆頭支援魔導師のニール・ディオクレアは、広場までの道案内を務める男に尋ねた。

「おい、つかぬことを聞くが、『魔導院の守護者』セイン・オルベスタが『巨大な火竜《グラン・ファフニール》』を討伐寸前まで追い詰めたというのは本当か？」

『魔導院の守護者』の名前を聞いた途端、道案内の男はそれまで愛想良くニコニコ笑っていた表情を引っ込めて、不機嫌な顔になる。

「今、私に魔導院の奴《やつ》らのことについては聞かないでいただきたいですな」

「ということは、やはりセインが『巨大な火竜《グラン・ファフニール》』を追い詰めたというのはウソなのだな？」

「さあ、どうでしょうかね。何せ魔道院の奴らは、災害の後始末もせず、逃げるように島を出て行きましたからな」

「おい、聞いたか諸君」

ニールは嬉《うれ》しそうに仲間の方を振り返って、呼びかけた。

「セインが『巨大な火竜《グラン・ファフニール》』を追い詰めたという話は嘘《うそ》っぱちだそうだ。またセインの暴れん坊ホラ吹きに一杯食わされちまったな」

『賢者の宝冠』の隊員達の間でドッと笑いが起こる。

彼らは常々『魔導院の守護者』をライバルとして意識していたため、ギルドの本拠地である『魔導師の街』でセインの吹聴《ふいちょう》する武勇伝にピリピリしていたところだった。

ニールは一頻《ひとしき》り魔導院を笑い物にして、隊員達の士気を高揚させるとイアンの隣に来る。

「良かったね、ニール。まだ『巨大な火竜《グラン・ファフニール》』が狩られていないようで」

「ああ。セインの話が本当なら、今頃、他のギルドの奴に『巨大な火竜《グラン・ファフニール》』が横取りされていないとも限らんからな。それにしても……」

ニールは心底嬉しそうに笑みを浮かべる。

「魔導院の奴らのあの嫌われ様。どうやら奴らは、この島の住民を大層失望させたようだな」

「暴れん坊のセインが突然、街を飛び出して『火竜《ファフニール》の島』に向かうと聞いた時は、焦ったけど……、どうやら杞憂《きゆう》に終わったようだね」

「奴め。あれだけ勝算があると嘯《うそぶ》いておきながら、結局、考えなしの遠征だったようだな。所詮は青二才の考えることよ」

「2人とも魔導院の失敗に安心している場合ではないぞ」

肩幅の広い剛直な雰囲気の、『賢者の宝冠』筆頭攻撃魔導師グレン・ロスが言った。

「これは島民を救うだけの遠征ではない。『魔導師の街』でのメンツを懸けた戦いでもあるのだ。魔導院の奴らよりも少ない成果で帰った日には、街中の笑い物になってしまうぞ」

「そうは言っても楽勝でしょ。この島には大した冒険者なんていないし。Aクラスの俺達《たち》に匹敵する奴なんて……」

「確かにこの島には目立った冒険者ギルドはない。だが、そう言ってはなぜか毎回思い通り事を運べないのが、この島の難しいところだ」

まだ若いイアンとニールのお目付役でもある彼は、年長者としての威厳を示しながら言った。

「特に盗賊《シーフ》ギルドは油断ならん連中だ。2人とも足をすくわれないように、気を引き締めてかかれよ」

「へいへい。分かった。分かったよ」

ニールは煩わしげに手を振って話を終わらせる。

その後、『賢者の宝冠』は広場の演壇までたどり着いた。

筆頭支援魔導師、ニールが演説を行う。

「『巨大な火竜《グラン・ファフニール》』の脅威に怯《おび》える島の住民よ。我々『賢者の宝冠』が来たからにはもう安心だ。我々の部隊にはAクラスの魔導師が3名いる」

聴衆の間でざわめきが起こった。

「Aクラスが3人も!?」

「これはえらいことだ」

聴衆のリアクションに満足したニールは演説を続けた。

「では、諸君に『賢者の宝冠』第一部隊自慢のAクラス魔導師達を紹介しよう。まず、あらゆる属性の攻撃魔法を極めたAクラス魔導師グレン・ロス！」

グレンが前に出て手を上げる。

観衆から拍手が起こった。

「次に、回復魔法の発動速度と命中率では他の追随を許さない、治癒師《ヒーラー》イアン・ユグベルク！」

イアンが前に出て行儀よく一礼する。

また、観衆から拍手が起こった。

「そして、最後に！　攻撃・防御・俊敏《アジリティ》、あらゆる支援魔法のスペシャリストである、この俺、ニール・ディオクレアだ！」

ニールが堂々とトリを飾った。

観衆達の喝采は最高潮に達する。

「本当にAクラス魔導師が3名もいるようだぞ！」

「これなら、『巨大な火竜《グラン・ファフニール》』も倒せるんじゃないか？」

「我々、『賢者の宝冠』が『魔導院の守護者』のような無様な顛末《てんまつ》になることはない！　必ずや彼らを上回る成果を出すことをここに約束しよう！」

そのようにライバルギルドをくさすことも忘れず演説を締め括《くく》ると、聴衆から拍手が湧いた。

「『大同盟』は結成するのですか？」

観衆の1人が質問した。

「『大同盟』？　なんだそれは？」

「『魔導院の守護者』が結成した同盟です。彼らは島中の冒険者をスキル・ステータスの分け隔てなく傘下に入れ、ダンジョンの攻略に挑みましたよ」

「ふむ。そうなのか。イアンどう思う？」

ニールは傍《そば》のイアンに小声で聞いた。

「ここは魔導院の先例に倣っておいた方がいいんじゃないかな？　どの道、地元冒険者の協力は必須だし」

「しかし、分け隔てなくというのはどうなんだ？　あんまりにも質の低い冒険者を部隊に入れては足手纏《まと》いになるぞ」

「そこはホラ。集めるだけ集めて、後から何かと理由を付けて追い返せばいいさ」

「なるほど。それでいくか」

イアンと内緒の相談を終えたニールは、改めて観衆に向き直る。

「失礼。少し仲間と細かい事柄について確認していた。『大同盟』についてだが、無論我々も結成するつもりだ。島の冒険者にあっては、奮ってご参加いただきたい」

観衆の中の、特に冒険者の一団からワッと歓声が上がった。

「あのっ。島の冒険者として『賢者の宝冠』の皆様に提案したいことがあります」

観衆に交じって1人の女性盗賊《シーフ》が手を挙げて訴えた。

「何かな？　お嬢さん？」

「『賢者の宝冠』の皆様も『精霊《せいれい》の工廠《こうしょう》』同盟に参加してみてはいかがでしょうか？」

「『精霊《せいれい》の工廠《こうしょう》』？」

ニールは聞き慣れない文言に訝《いぶか》しんだ。

「『精霊《せいれい》の工廠《こうしょう》』は最近、この島で急激に勢力を伸ばしている錬金術ギルドです。錬金術ギルドでありながら、独自に冒険者同盟を結成しており、先日、ついにAクラスのクエストも成し遂げました。我々のギルド『山猫』も『精霊《せいれい》の工廠《こうしょう》』同盟に参加しています。『賢者の宝冠』も『精霊《せいれい》の工廠《こうしょう》』同盟に参加すれば、きっと素晴らしいことになると思うのですが」

ニールはつい面倒くさそうな顔をしてしまう。

（『大同盟』に『精霊《せいれい》の工廠《こうしょう》』ねぇ……。なんだかちょっといない間にずいぶん様子が変わったなこの島も）

「ニール。流石《さすが》に錬金術ギルドは不味《まず》いんじゃない？」

イアンが耳打ちした。

「同業者に関することならともかく、錬金術のこととなると、僕達では対応できない。『竜の熾火《おきび》』にしておいた方が無難だよ。それに……」

イアンはチラリと背後に控えている『魔法樹の守人』の方を窺《うかが》った。

「『魔法樹の守人』も来ている。彼らの中にはAクラス冒険者も交じっている。Aクラス同士の戦いになれば、モノをいうのは装備の優劣だ。ラウル・バートレーを始めとする『竜の熾火』の錬金術師達をどれだけ確保できるかで勝負が決まる」

「そうだな。流石にそこは譲れねーか」

ニールは再びイアンとのコソコソ話を打ち切って、観衆に向き直る。

「ギルド『山猫』の勇敢なる冒険者よ。素敵な提案をありがとう。だが、申し訳ない。我々の部隊には『竜の熾火』の錬金術師でなければ整備できない装備を身に着けている者が多数在籍しているのだ。『精霊《せいれい》の工廠《こうしょう》』同盟も魅力的な提案ではあるが、今回は見送らせてもらう」

ニールがそう言うと、『山猫』の盗賊《シーフ》は肩を落としてうなだれた。

「では、後もつかえていることだし、我々の演説はこの辺りにしておこう。ありがとう。ありがとう」

ニールは観衆から起こる惜しみない拍手に手を振って応えながら、演壇を後にした。

そして、すぐ様イアン、グレンと小声で話し始める。

「おい。『竜の熾火』に急ぐぞ。『魔法樹の守人』の奴らよりも先にカルテットを確保するんだ」

「そうだな。この島ではまずそこを押さえんと話にならん」

「幸い『魔法樹の守人』はそのことに気付いていない。競合相手が彼らで助かったよ。彼らがまだこの島に来たことがない初心者で……」

実際、ユフィネ達は今の時点ですでにおろおろしていた。

促されるままに誘導されてここまで来たが、イマイチこのパレードと演説大会に何の意味があるのか分かっていない。

先ほど地元の者に演説をするよう言付けられてはいたが、何も用意していないし、何を喋《しゃべ》ればいいのか皆目見当つかなかった。

「ちょっとシャクマ。演説なんて何喋ればいいのよ」

「えっ？　私に言われても。まさかこんなことになるとは……」

「どうすんのよ。前の奴《やつ》はなんだか立派なことを喋っていたし。ちょっとリック。あなた演説やりなさいよ」

「ええっ!? じ、自分がですか? ちょっ、勘弁してくださいよ」

ユフィネ達が内幕でわちゃわちゃしているうちに、観衆達はいつまでも演説が始まらないことを不審がり始めた。

ユフィネ達はますます居心地が悪くなる。

その時、1人の青年が人集《ひとだか》りをかき分けて演台の方に近づいてきた。

「すみません。通して。通してください」

ユフィネはその人物を見て、パッと顔を明るくする。

「あっ、ロランさん!」

「ユフィネ。久しぶり。すみません。通ります」

ロランはリックの手を借りて演台に上った。

会場は意外な人物の登場にどよめく。

「ロランさん、よかった。ちょうど困ってたところなんです」

「遅くなってすまない。まさか君達が来てくれるとは思わなくって」

「急遽《きゅうきょ》決まったんです。ギルド長からロランさん支援のために『火竜の島《ファアフニール》』へと行くように言われて……」

「そうだったのか。とりあえず、積もる話は後でしょう。この場でのことなんだけど……」

ロランはユフィネにこの場で喋るべきことを伝えた。

全て聞き終わったユフィネは、ロランと共に観衆に向かう。

「皆さん、初めまして。私は『魔法樹の守人』第二部隊隊長を務めるユフィネ・レイエスと申します。私達がこの島に来た目的は鉱石でも、『巨大な火竜《グラン・ファフニール》』でもありません。私達の目的、それは我々の盟友である『精霊《せいれい》の工廠《こうしょう》』を支援することです。我々はここに『精《せい》霊《れい》の工廠《こうしょう》』同盟への参加を表明します！」

会場から万雷の拍手が湧いた。

その盛大さは『竜の熾火』に向かおうとしていた『賢者の宝冠』の足を止めるほどであった。

「凄《すご》い拍手だね」

「うむ。まさか『竜の熾火』以外にここまで地元の信望を集める錬金術ギルドがあったとはな」

イアンとグレンが意外そうに言った。

ニールは演台で観衆に手を振るユフィネを面白くなさそうな顔で見た。

（なんだあいつら。新参者のくせに……。気にいらねぇな）

イアンの提案

『竜の熾火』にたどり着いた『賢者の宝冠』の3人は、メデス、エドガー、ラウルの3人によって迎えられる。

6人は早速、商談に移った。

「今回は『賢者の宝冠』様だけではなく、『魔法樹の守人』様も来ていらっしゃいますからな。もし、優先的にカルテットを使いたいということでしたら、その分料金については上乗せしてもらわなければなりませんなあ」

メデスはふてぶてしい笑みを浮かべながら言った。

(ふふふ。まさかこの時期に大手ギルドが2つも来るとはな。ラッキーじゃわい。これを機に絞れるだけ絞り取って……)

「おい、『魔法樹の守人』の奴らは『精霊《せいれい》の工廠《こうしょう》』同盟に参加するっつってたぞ」

ニールが言った。

「ぴょっ？」

メデスは変な声を出してしまう。

「『精霊《せいれい》の工廠《こうしょう》』同盟に？　なんでまた……」

エドガーが本当に不思議そうに言った。

「『精霊《せいれい》の工廠《こうしょう》』のギルド長が『魔法樹の守人』とパイプを持っているようですよ」

イアンが言った。

「えっ？　そうなんですか？」

「ええ。気になって一応広場で聞き込みをしておいたんです。ご存じなかったのですか？」

「えっ？　いやぁ。まあ、その、なんと言うか」

メデスはすっかりしどろもどろになる。

「それで？　どうなんだよ。こっちの提示する条件で依頼、受けんのか。受けねえのか」

ニールが詰め寄った。

「えっ？　もちろん受けますよ？　受けさせていただきますとも。我々があなた方のような由緒正しいギルドの依頼を断る理由などありません」

メデスが慌てて取り繕うように言った。

ニールはその様に眉をひそめる。

（ったく大丈夫かよこいつら。地元のライバルギルドの情報くらい集めとけっての。前から思ってたけど、ここの経営層ちょっと抜けてねーか？　やっぱこのギルドで使えるのはラウルだけだな）

「まあ、いいや。それじゃ頼むぜラウル。いつも通り『魔法細工』の装備しっかり作ってくれよ」

「えっ？　あ、ああ」

ニールが声をかけると、ラウルは気の抜けたような返事をする。

それを見て、ニールは呆《あき》れてしまった。

（おいおい、ラウル。お前までなんだその腑《ふ》抜《ぬ》けた態度は？）

「ラウルさん、どうかしたんですか？　顔色が優れないようですが」

イアンが心配そうに尋ねた。

「あ、いえ。なんでもないっす」

そう言いつつも、ラウルは思い悩んでいた。

（まさか、リゼッタが辞めちまうとは。あいつは優秀な銀細工師だってのに。いいのかよ引き止めなくて。でも、俺は今、自分のことで精一杯だし……）

ユフィネ達《たち》を『精霊《せいれい》の工廠《こうしょう》』に迎えたロランは、早速、地元冒険者ギルドも交えて、『賢者の宝冠』対策の会議を開くことにした。

会議において、ロランは『賢者の宝冠』と真正面から競合することを主張。

すでにロランは『賢者の宝冠』の弱点を見抜いていた。

それは指揮能力の高い人物がいないこと。

彼らがスキルとステータスの高さでゴリ押ししてくると見抜いたロランは、ダンジョンから『アースクラフト』を採り尽くして、敵を競争から締め出す作戦を提唱した。

月が替わり、ダンジョンに新たな鉱石が露出した。

『精霊《せいれい》の工廠《こうしょう》』同盟と『賢者の宝冠』率いる『大同盟』は、ダンジョン前の広場で探索の準備を始める。

そんな中、エリオ達はAクラスモンスター討伐用の装備を受け取っていた。

「こちらがエリオさんの新しい装備になります。よいしょっと」

アイナとロディが2人がかりでエリオの前に持ってきた鎧《よろい》は、今までの青い『外装強化《コーティング》』に加えて、銀色に煌《きら》めいていた。

チアルの銀細工で作った鎧に青い『外装強化《コーティング》』を施したのだ。

エリオが新しい鎧に体を通すとこれまでとは次元の違う重みが伝わってくる。

(ズシッとくる。これがAクラスの重みか)

「以前のものよりも威力・耐久共に上がっていますがその分重くなっています。どうですか？　重さに問題ありませんか？」

「うん。まだ慣れない重さだけど、きっと使いこなしてみせるよ」

ハンスの下にも新しい弓矢が運ばれた。

エリオの鎧同様、銀製になっている。

「これまでのハンスさんの射撃記録を基《もと》に、可能な限り『魔法射撃《マジック・ショット》』の威力・精度が上がるようにしています」

ハンスは弓矢を受け取りながら、ロランに言われたことを思い出していた。

(精神面か。この課題について最も不安要素を抱えているのは僕だ。前回の『白狼《はくろう》』との戦いではアリスとクレアが捕虜になった後、何もできなかった)

「ありがとう、アイナ。とにかく使ってみるよ」

(この弓矢と『賢者の宝冠』との戦い。そこで答えを見つけてみせる)

ウィルとカルラは、ウェインから杖《つえ》と刀を受け取っていた。

ウィルは杖の先に付いた魔石に触れてみた。

多面体に切削された魔石からは膨大な魔力が伝わってくる。

「驚いたな。ほんの少しの間にずいぶんと腕を上げたじゃないか、ウェイン。以前もらった杖とはまるで違う」

ウィルが感心したように言った。

カルラは受け取った刀を振ってみる。

(軽い。こんな軽さで大丈夫なのか？)

「そいつはAクラスまで鍛え上げた剣をさらに『魔石切削《カッティング》』で軽量化したものだ。極限まで刀を研ぎ澄ますことで、軽くすると共に斬れ味を増している」

カルラが訝《いぶか》しげにしていると、ウェインが説明を始めた。

「その刀なら、お前の『影打ち』と『回天剣舞』の威力を高めてくれるはずだ。お前ら」

ウェインは2人の肩をガシッと摑《つか》む。

「頼むぜ。この装備を使いこなしてくれ。もうこれ以上、ロランに迷惑かけたくねーんだ」

ウィルとカルラは不思議そうに顔を見合わせる。

ユフィネが自分達の部隊を最終チェックしていると、『賢者の宝冠』の誰かが近づいてきて、声をかけてきた。

「やぁ。レイエス」

「あんたは……確かイアン」

「覚えていてくれたんだ。光栄だね」

「そりゃあライバルギルドのエースだしね。チェックは欠かさないわよ。何か用？」

ユフィネがそう聞くと、イアンはそれには答えず、準備している冒険者達の方に目を向けた。

「この雰囲気はこの島独特のものだね。異なる大陸の覇者同士が肩を並べてダンジョンに入っていく。だが、中でも今回の光景は異様だな。島の地元冒険者達が真っ二つに分かれて外部冒険者と同盟を組んでいる。僕達『賢者の宝冠』も地元冒険者ギルドを集めるだけ集めたが、君達の下にも同じくらいの数が集まっている。これだけの大所帯を集めるということは、やはり君達の狙いは『火口への道《クレーター・ルート》』かな？」

「そんなの言えるわけないじゃない。機密情報よ」

「……」

「世間話をしに来たのなら、もう行かせてもらうわ。こう見えて、私忙しいから」

「ロラン・ギル」

イアンの口から出たその名前に、ユフィネは立ち去ろうとしていた足を止める。

『精霊《せいれい》の工廠《こうしょう》』ギルド長にして、数多《あまた》の錬金術師、冒険者を育ててきた知る人ぞ知るS級鑑定士だ。『冒険者の街』における『魔法樹の守人』と『金色の鷹《たか》』の覇権争いにおいても影の立役者として活躍し、重要な役割を演じたと言われている。『広範囲治癒師《ワイドレンジ・ヒーラー》』の君を見出《みいだ》したのも、他でもないロランだ。そうだろ？」

「……驚いた。ロランさんのこと知ってたの？」

「いや、この島に来てから調べたんだ。元々、噂《うわさ》としてS級鑑定士のことは聞いていたけど、信じてはいなかった。一介の鑑定士にそれほどの大仕事ができるとは到底思えなかったからね。裏付けが取れたのは、ここ数日で君達と『精霊《せいれい》の工廠《こうしょう》』との繋《つな》がりを調べてからだ」

「……大した調査能力ね」

（あのニールって奴《やつ》が『賢者の宝冠』表のリーダーだとすれば、こいつは影の実力者ってとこか）

「それで？　そんな風にコソコソ私達とロランさんのこと調べて一体何の用なの？　さっきから」

「分かった。単刀直入に言おう。競合するのはやめにして手を組まないか？」

「なんですって？」

「よく考えてほしいんだ。このままいけば『魔法樹の守人』と『賢者の宝冠』の間で潰し合いになる。そうなれば得するのは誰か？　『白狼』だ」

「……」

「前回、僕達がこの島に来た時も大手ギルドと競合することになったんだ。その時の相手は『魔導院の守護者』っていう、僕達と同じ街を本拠地にするギルドだったんだけれど、同郷だけにライバル意識剝《む》き出しで互いに互いの足を引っ張りあった。結果、両方とも芳しい成果は得られなかった。『賢者の宝冠』でも『魔導院の守護者』でも互いに相手のせいだとする論調が目立ったけれども、実際に漁夫の利を得たのは地元ギルドの『白狼』だ。今思うと、要所要所で彼らの有利になるように僕達は動かされていた気がする」

「……」

「『賢者の宝冠』と『魔導院の守護者』は根っからのライバルギルドだから、妥協の余地がなかった。けれども僕達は違う。今からでも遅くない。交渉を重ねて、手を組み、共同してクエストに当たることができれば……」

「悪いけどそれはできないわ」

「……どうしてだい？」

「私達の任務はロランさんを支援すること。そのロランさんがあんた達と戦えと言っているんだから、私達はその指示に従うだけよ。あんた達に恨みはないけどね」

「君達はまだこの島に来たばかりだから知らないかもしれないが、『白狼』は、彼らは危険だ。狡猾《こうかつ》でこちらの隙を見逃さず狙ってくる。だが、僕達が組みさえすれば……」

「『白狼』の危険性については聞き及んでいるわ。けれども、ロランさんが警戒してるのは彼らだけじゃないの。『竜の熾火《おきび》』。どうもロランさんは彼らのことも問題視してるのよね。あんた達『竜の熾火』に装備を任せているんでしょう？　私達と手を組むとして、今さら『竜の熾火』と縁を切れるの？」

「それは……」

「ま、そういうわけで、私達はあんた達と組むことはできないの。悪いわね」

「そうか」

イアンはため息をつきながらかぶりを振った。

「残念だよ。君は話が分かる人だと思っていたんだけど。『竜の熾火』と戦うなんて。そのロランって人はどうかしているとしか思えないな。後悔することになるよ。たかが、一《いち》鑑定士の判断をそこまで信用したこと」

「あんた達こそ後で後悔しても知らないわよ」

「？　どういうことだい？」

「世界にはあんた達の物差しでは測れない人がいるってことよ」

対抗意識

裾野の森を行く『大同盟』の行軍は遅々として進まなかった。

『精霊《せいれい》の工廠《こうしょう》』同盟と同じ時刻にダンジョン前の広場に集まった『大同盟』だが、彼らはすでに大幅に後《おく》れを取っていた。

まず、部隊編成の段階でちょっとした手違いがあり、予定通りの時間にダンジョンへと入ることができなかった。

ダンジョンに入った後も、地元冒険者達《たち》はゴブリンを倒すのにも手こずり、探索は一向に捗《はかど》らなかった。

リーダーのニールは苛立《いらだ》ちを露《あら》わにしたが、地元冒険者との連携を重視するグレンが宥《なだ》めることで、どうにか矛をおさめる。

しかし、そうこうしているうちに『火竜《ファフニール》』の鳴き声が聞こえてきた。

『精霊《せいれい》の工廠《こうしょう》』同盟はすでに『メタル・ライン』にたどり着いていたのだ。

このままでは『精霊《せいれい》の工廠《こうしょう》』同盟に靡《なび》く地元冒険者も出かねない。

イアンがそう進言することによって、ニールの我慢は限界に達した。

『魔法樹の守人』を加えた『精霊《せいれい》の工廠《こうしょう》』同盟は、『火山のダンジョン』を順調に進んでいた。

ロランは部隊全体を見渡しながら、特にエリオ、ハンス、ウィル、カルラの働きを注視していた。

彼ら4人の戦闘意欲は他の冒険者達と明らかに違っていた。

自分の持ち場を守りながらも目をギラギラと輝かせ、モンスターが出てくれば一つでも多く戦果を稼がんと戦闘に駆けつける。

（いい感じだ。4人とも以前より明らかにハングリー精神が出ている。Aクラスになろうとする意志は本物だな。この分であれば、あとは場数を踏めば自然とスキルアップしていくだろう。Aクラスモンスターに遭遇すれば、躊躇《ちゅうちょ》なく彼らをぶつける）

「カルラ、『火竜《ファフニール》』もう1匹いくぞ。今度は一撃で仕留めろよ」

ジェフが『火竜《ファフニール》』を引き寄せる動きをした。

カルラもその動きに合わせる。

（これまでは『火竜《ファフニール》』を仕留めるのには『回天剣舞』だった。だが、この新しい刀なら……『剣技』で十分！）

一閃《いっせん》。

カルラは『火竜《ファフニール》』の太い首を一刀の下両断した。

【カルラ・グラツィアのスキル・ステータス】
『剣技』：A（↑1）
適応率：80％（↑20％）

（カルラ、流石《さすが》にセンスがいいな。新装備への適応率も上がってきた）

地元組が中心になってモンスター達と戦う中、『魔法樹の守人』の面々は後ろに控えながら戦いを見守っていた。

『火山のダンジョン』のモンスターに慣れるまでは地元組の戦いを見ているようロランに言われたからだ。

リックもダンジョンに入ってからずっと後ろに控えて後衛の任務に徹していたが、カルラが『火竜《ファフニール》』をぶった斬るのを見て、ついに我慢の限界に達した。

「ええい。さっきから『火竜《ファフニール》』を狩っているのは地元の奴らばかりではないか。もう我慢できん。レリオ、俺達も『火竜《ファフニール》』を狩るぞ」

「うん。そうだね。やってみよう」

レリオはその俊足でもって、ポジションをとり、はるか遠くの『火竜《ファフニール》』を射止める。

ジェフは目を丸くした。

（こいつ速い。狙いも正確だ。Ａクラスか？）

リックは『俊敏付与《アジリティ》』を自らにかけると、重厚な鎧《よろい》を身に着けているにもかかわらず風の速さでレリオを追い抜いて、急降下してくる『火竜《ファフニール》』の爪を『盾防御』で受け止めたのち、『剣技』で始末する。

（支援魔法、盾防御、剣技をハイレベルに使いこなしてやがる。こいつもＡクラスの魔導騎士）

レオンはリックのことをそう判定した。

リックとレリオに勇気付けられて、『魔法樹の守人』の弓使い《アーチャー》と戦士《ウォーリアー》も続々『火竜《ファフニール》』の討伐に挑戦するようになっていった。

そのため、地元冒険者と『魔法樹の守人』は争うようにして『火竜《ファフニール》』討伐に取り掛かり、獲物の取り合いの様相を呈してきた。

『魔法樹の守人』が前に躍り出れば、地元冒険者が追い越して前に陣取る。

すると『魔法樹の守人』の冒険者達がさらに前へと陣取って、部隊は否応《いやおう》なくその隊形を長くしていった。

（おいおい、ちょっとまずいんじゃねぇか？）

レオンは過熱する討伐競争の様子を見て、焦りを感じ始める。

（まだ序盤だってのに、今からこんなに飛ばしてちゃもたねぇぞ。帰りには『白狼《はくろう》』との戦いも控えてるってのに。ここいらでちょっと力をセーブしといた方がいいんじゃ……。

いや、しかし……）

レオンは『魔法樹の守人』の面々をチラリと見た。

（果たして俺がそんなことを言っていいのか？　『魔法樹の守人』も外から来たハイレベルなギルドだ。変に口出しして、険悪になっては取り返しがつかんぞ。いや、しかし……）

レオンは今度は地元冒険者の方を見る。

（普段はあっさり外部ギルドの後ろに隠れる地元の奴らが、いつになく対抗意識を燃やしてやがる。それ自体はいいことだ。いいことだが……、このままいけば、また地元と外部とで揉《も》めんのは目に見えてんぞ）

また、地元冒険者が『魔法樹の守人』を抜かして先頭に立った。

隊列はさらに間延びすることとなる。

（どうする？　このままじゃ同盟は瓦解しかねない。誰かがこの流れを止めねーと。しかし、誰が？　地元と外部、両方に言い聞かせて、納得させられる奴なんてここには……）

「レオン、ユフィネ。部隊に止まるように言ってくれ」

ロランが言った。

「今日の探索はここまでだ。野営の準備を始めるように」

それを聞いて、レオンはホッとした。

（流石にいいタイミングで止めてくれるぜ）

ロランの一声により、『精霊《せいれい》の工廠《こうしょう》』同盟は、まだ日が高いにもかかわらず、近くの小高い場所に陣取って野営の準備を始めた。

貢献と評価

ロランが部隊の損耗度合いを確認していると、リックが鼻高々な様子でロランの前にやって来た。

指揮官によく見えるよう『火竜《ファフニール》』の首をドスンと置く。

「どうですか、ロランさん？　『火竜《ファフニール》』を2体も仕留めましたよ。まだダンジョンに入って初日だと言うのに」

「……そうか」

ロランはさして関心が無さそうに言った。

リックはロランの態度に戸惑う。

「それでリック。ダンジョン前半で消耗しない工夫については何か思い付いたかい？」

「えっ？　いや、それはですね……」

リックは言いあぐねた。

今回の探索、後半に『白狼』との戦いが予想されることは事前に言い渡されていた。

そして、それに備え前半どれだけ戦力を温存できるかが課題だということも。

しかし、ほとんどのメンバーが地元ギルドとの競争に熱中してすっかりそのことを忘れてしまっていた。

「まあ、いいだろう」

ロランはリックへの追及をやめて、他のメンバーを見渡す。

「誰か。他にいい案のある者はいないのか？　今日一日、『魔法樹の守人』を加えたメンバーでダンジョンを探索して、何か気づいたこと、思い付いたことはないのか？」

「ちょっといいか？」

レオンが進み出て発言した。

「どうも『火竜《ファフニール》』が現れると、冒険者同士で取り合いが過熱しちまうようだ。このままじゃ、無駄に消耗が激しくなる。ここは午前と午後で班分けして、『火竜《ファフニール》』を交代で担当した方がいいと思うんだが」

ロランはレオンの発言に目を輝かせた。

「おお、レオン。まさしく僕もそのことが気になっていたところだ。アイディアもいい。早速、採用してみよう。他に誰か意見のある者はいないか？」

「よろしいですか？」

クレアが進み出た。

「本日の探索で見たところ、『魔法樹の守人』の中にも『遠視』の使える方が何名かいるように窺《うかが》えました。『遠視』の使える者で索敵の網を広げれば、『火竜《ファフニール》』との遭遇を最低限に減らして、消耗を減らすことが出来るのではないかと」

「僕もいいかな？」

ウィルが言った。

「今日の探索では、隊列が間延びして、後衛の力を存分に活《い》かせなかった。効率良く敵を倒すためにも、前衛の戦列が乱れない工夫が必要だと思うんだが」

他にも様々なギルドから改善策が提案されたが、いずれも地元ギルドからのもので『魔法樹の守人』から出た案は一つもなかった。

翌日、ロランは同盟の参加ギルドに順次採掘場へと入るよう命じた。

一番最初に入ったのは『暁の盾』で、次に『天馬の矢』、ウィルとラナ、そして昨日何かしらの案を出した地元ギルドの順に採掘場へと入場していった。

その他の地元ギルドと『魔法樹の守人』は一番最後である。

これを見て、『魔法樹の守人』の冒険者達《たち》は焦った。

ロランは旧知の仲だからといって、またAクラス冒険者がいるからといって、贔屓《ひいき》にしてくれるわけではない。

『魔法樹の守人』の隊員達は慌てて、消耗を防ぐ工夫について考え始めるのであった。

翌日、採掘場を出たロラン達は昨日を上回るスピードで火山を駆け上がっていった。

『精霊《せいれい》の工廠《こうしょう》』同盟が採掘場を発《た》ってから数時間後、『賢者の宝冠』もようやく第1採掘場にたどり着こうとしていた。

「よし。採掘場にたどり着いたぜ。大分差は縮まったんじゃねーか？」

ニールは肩で息をしながら言った。

彼は部隊の足の遅い者達に『俊敏付与《アジリティ》』を、攻勢を受けている者達に『防御付与』を、敵を倒すのに手こずっている者達に『攻撃付与』を、それぞれかけて精力的に働いた。

その甲斐《かい》あって、『大同盟』の探索スピードは劇的に上がっていた。

（とはいえ、我々『賢者の宝冠』が地元ギルドをおんぶに抱っこで支える構図が鮮明になってしまったな）

グレンは苦渋の思いだった。

彼は地元ギルドにもダンジョン攻略に参加して、貢献してほしいと考えていた。

（ニールも魔力を大幅に消耗してしまった。これは探索後半にかけて、大きな課題を残してしまったな）

「よし。採掘場に入るぞ。お前らソッコーで鉱石採取しろよ。サボってる奴《やつ》を見かけたら、タダじゃおかねえからな」

「お待ちください隊長」

「うおっ。なんだ？」

ニールは突然進み出て跪《ひざまず》いてきた男に面食らって足を止めた。

彼は以前、『精霊の工廠《せいれいのこうしょう》』同盟にも参加したことのある男だった。

「採掘場に入る前に提案したいことがございます。各ギルドの貢献度に応じて、採掘場に入る順を決めてはいかがでしょうか」

「貢献度に応じて？」

「左様でございます。そうすることで、同盟側から各ギルドへ評価基準を明示することができ、我々としましても同盟のために貢献しようという意欲が高まり、ひいてはより早いダンジョン攻略に繋《つな》がるというわけでございます」

（なるほど。そんなやり方があるのか）

イアンは男の提案に素直に感心した。

しかし、ニールには心の余裕がなかった。

彼の頭の中には先を行く『精霊の工廠《せいれいのこうしょう》』同盟に追いつくことしかない。

「貢献度に応じてだぁ？　テメーら今のところ俺達におんぶに抱っこで、『火竜《ファフニール》』の1匹も倒してねーじゃねーか。寝言を言ってる暇があるなら、さっさと手と足を動かして、少しでも早く鉱石の採取に取り掛かりやがれ。ホラ。さっさと採掘場に入るぞ」

提案した男は自分の具申を受け入れてもらえずがっくりと肩を落とす。

イアンは男のことを気の毒そうに眺めた。

内心では彼の提言に賛成していたが、実際に行動に移すことはしなかった。

下手に自分の領分を超えた職務に口出しすれば、失敗した時、責任を負うことになりかねない。

結局、『大同盟』は順番も何もなく無秩序に採掘場へと足を踏み入れていった。

そこに地元ギルドを評価しようという姿勢は微塵《みじん》も感じられない。


採掘場へと入ったニール達だが、芳《かんば》しい成果は得られなかった。

目ぼしい鉱石はすでに『精霊《せいれい》の工廠《こうしょう》』によってすべて採取されていた。

（チッ。クズ鉱石しか残ってねぇな。しゃあねぇ。さっさと次の採掘場へ行って……）

その時、山の上方から戦闘音が聞こえた。

『精霊《せいれい》の工廠《こうしょう》』同盟がモンスターと戦う音だった。

「おい、見ろ。あの装備、『精霊《せいれい》の工廠《こうしょう》』の奴らだ」

「あいつらもうあんなところまで登ったのか？」

グレンとイアンは目を疑った。

（バカな。奴ら昨日よりも探索スピードが上がっている？）

（僕達もニールの魔力を犠牲にしてペースを上げたっていうのに。彼らはそれよりも速いっていうのか？）

ニールはギリッと歯を食いしばる。

「急いで出発するぞ。今日中に追いつくんだ！」

しかし、気炎を吐くニールをよそに、地元ギルドの士気は目に見えて衰えていた。

先ほどのやり取りで、地元ギルドが評価される余地がほとんどないことは目に見えていた。

地元ギルドの者達は戦闘では殊更消極的になり、モンスターが近づいてくるのを見ても報告しない者まで出る有様だった。

モンスターの強度も高くなってきたため、ニールだけでなく、グレンとイアンも消耗することを余儀なくされた。

次の日も、その次の日も『賢者の宝冠』は『精霊《せいれい》の工廠《こうしょう》』に追い付けず、第2、第3、第4の採掘場もロラン達が押さえた。

リックはロック・ファングと戦いながらも前に出過ぎないようにしていた。

「ラインを維持しろ。後衛の援護が来るのを待て」

程なくしてウィルとラナが駆けつけて、『爆風魔法』と『地殻魔法』で敵を追い払う。

リックは敵を追い払いながらも釈然としない想《おも》いだった。

（うーむ。やはり街が替わると、ダンジョン攻略の勝手も違うものだな。こんな消極的な

戦い方が評価されるとは）

「リック。壁役おつかれ」

「あ、ロランさん」

「良かったよ、今の動き。大分このダンジョンにも慣れてきたんじゃない？」

「ありがとうございます。いや、しかし、本当にこれでいいのでしょうか？　とにかく省エネで戦うばかりでいまいち貢献している実感が湧かないのですが……」

「このダンジョンではその省エネが大事なんだよ。なにせ帰りには盗賊《シーフ》ギルドとの戦いが待っているからね」

「はぁ」

「ん？　これはユフィネからの合図だな」

ロランは足下に現れた魔法陣を見て言った。

「これは『下がれ』の合図ですかね」

「少し前に出過ぎたようだな。陣形を下げよう」

今回、ユフィネは回復役というよりも管制塔としての役割を果たしていた。

戦線が拡《ひろ》がり過ぎないように、彼女の魔法陣によって合図を出すのだ。

「む。今度は偵察隊からの合図ですよ」

矢が3本空に射《う》ち上げられている。

「『火竜《ファフニール》』が3体こっちに近づいてくる……か。追い払う強弓部隊と攻撃魔導師を……っと、もう準備してるな」

『魔法樹の守人』の冒険者達も『精霊《せいれい》の工廠《こうしょう》』同盟のやり方に適応しつつあった。

リックは壁役に徹し、ユフィネは管制塔、シャクマは陣形の指揮、レリオは偵察隊に加わり、マリナは鉱石の保有と『冒険者の街』とは微妙に役割を変えながらもそれぞれ活躍の場を見出《みいだ》していた。

（ここまでは怖いほど上手《うま》くいっているな。残る気掛かりは帰りと『賢者の宝冠』か）

新たな文化

「よし。『精霊《せいれい》の工廠《こうしょう》』同盟の奴らが見えて来たぜ。追い抜くまであと少しだ！」

ニールは大同盟の先頭に立って率いながら言った。

「ニール。そろそろ彼らと交渉の席を持った方がいいんじゃないかな」

イアンが提案した。

「交渉？」

「そう、交渉だ。このままダンジョン内で遭遇戦になれば、お互いに甚大な被害を被る可能性がある。それを避けるためにも……」

「そんな必要ねぇよ。こっちが交渉の席に着くのは向こうから頭を下げて来た時だけだ！もし奴らが道を譲らないと言うのなら、無理やり退《ど》かすまで。明日は戦争だ。気合入れて、準備しとけよテメーら」

ニールはそれだけ言うと、自分のテントへと入っていった。

（ニールの奴、『精霊《せいれい》の工廠《こうしょう》』同盟と戦闘するつもりか……。発破をかけたのはまずかったかな。まさかここまで手こずるなんて）

追いかけっこを始めて3日。

『大同盟』は、いつしか『精霊《せいれい》の工廠《こうしょう》』同盟を追い抜くことが至上命題となってしまっていた。

そのためにはあらゆるものを犠牲にした。

イアンは不安だった。

というのも、『精霊《せいれい》の工廠《こうしょう》』同盟の動きに不審な点を感じていたからだ。

(彼らの動きは何かがおかしい)

イアンの計算では、『精霊《せいれい》の工廠《こうしょう》』同盟はもうすでに鉱石の調達を終えてもいい頃だった。

にもかかわらず、ダンジョン探索を続けている。

(何か狙っているとしか思えない。一体何を狙っているんだ?)

翌日、いよいよ追い抜きにかかろうと意気込む『大同盟』だったが、『精霊《せいれい》の工廠《こうしょう》』同盟は忽然《こつぜん》と姿を消していた。

朝になるとともに荷物をまとめ、迂回《うかい》して山を下りたのだ。

(やられた！　やっぱり『精霊《せいれい》の工廠《こうしょう》』同盟は鉱石の調達を済ませていたんだ)

イアンは事ここに至ってようやく自分達《たち》が『精霊《せいれい》の工廠《こうしょう》』同盟によって誘い込まれたことに気づいた。

(狙いは僕達と『白狼《はくろう》』を戦わせることか。僕達を囮《おとり》にして、『白狼』の待ち伏せをかわ

すつもりなんだ）
目の上のたんこぶが消えて、ニールはむしろ喜んでいたが、帰りの大変さを考えるとイアンは素直に喜ぶ気にはなれなかった。
せめて『白狼』が少しでも多く『精霊《せいれい》の工廠《こうしょう》』同盟の方に兵を割いてくれることを期待するしかなかった。

ジャミルは『精霊《せいれい》の工廠《こうしょう》』同盟と『大同盟』の背後を追いながら、彼らの下山に備えて準備していた。

下りてくる部隊を待ち伏せするポイントをあらかじめ選定しておき、退却する時逃げ込む拠点も用意してそこにポーションなどのアイテムや武具鎧《よろい》などを備蓄しておく。

ジャミルが各班の班長達と最後のチェックをしていると、『火竜《ファフニール》』に乗って偵察に向かっていたロドが帰って来た。

「ジャミル、『精霊《せいれい》の工廠《こうしょう》』の奴《やつ》らが山を下り始めたぜ」

「そうか。それで？　『賢者の宝冠』の奴らは少しでも『精霊《せいれい》の工廠《こうしょう》』を削ることができたのか？」

「いんや。全然ダメだね。戦闘すらさせてもらえずだ」

「……そうか」

（チッ。使えない奴らだな）

「仕方ない。主力は『大同盟』の方に当てる。ザイン、お前は予備の部隊を率いて、『精《せい》霊《れい》の工廠《こうしょう》』同盟の方に向かえ」

「分かった」

（ロラン。『大同盟』を上手く撒《ま》いたからと言って、逃げ切れると思うなよ。俺達の庭に入ってきたからには、そう簡単に帰しはしないぜ）

片側が坂になった道の半ばに差し掛かったところで、『精霊《せいれい》の工廠《こうしょう》』同盟は攻撃を受けた。

部隊に矢の雨が降り注いでくる。

「敵襲だ！」

「右側から来たぞ」

ロランはすぐに部隊を展開させて、防御を固める。

（流石《さすが》にいい場所で待ち伏せしてくるな。さて、後半戦の始まりだ。ユフィネ達を加えてどうなるか）

リックは最前線で盾を構えながら、意気込んでいた。

（ふふふ。ようやく盗賊《シーフ》ギルドとやらのお出ましか。防御ばかりやらされた鬱憤、ここで

晴らさせてもらうぞ）

しばらく盾を構えて防御していると、矢の雨が止まる。

「よし、今だ。斬り込むぞ。俺について来い！」

リックは剣を抜いて勇《いさ》ましく敵陣に攻め入ろうとした。

しかし、彼について来る仲間はまばらだった。

「えっ？」

結局、突出したリックが集中的に攻撃を受けてしまう。

リックは慌てて引き下がった。

「おい。何をしているお前達。敵に斬り込むチャンスじゃないか！」

しかし、彼の周りの味方は決して安全地帯から前に出ようとしない。

（なんだぁ？）

結局、一方的に削られるだけ削られて『白狼』には逃げられてしまう。

「おい、お前達。どういうつもりだ。ここまで来て怖気付《おじけづ》いたのか？　敵に逃げられてしまったじゃないか」

リックは憤るが、地元の冒険者達は肩をすくめるばかりであった。

（くっ。こいつら……）

その後も似たような展開が続いた。

地の利を活《い》かした『白狼』が有利なポイントに先回りして、先手を打つ。

『魔法樹の守人』のメンバーは、『白狼』の戦い方と地元ギルドの消極性に戸惑うばかりだった。

リックやレリオが果敢に攻めようとする一幕もあったが、『竜頭の籠手《ドラグーン》』や撒菱《まきびし》で撃退される。

そうして徐々に精神を削られていくうちに、地元と外部の間で不信感が募っていく。

「おい、不味《まず》いぜ、ロラン」

もう何度目になろうかという『白狼』の襲撃に晒《さら》された時、レオンが言った。

「『魔法樹の守人』はまだ『白狼』との戦いに慣れていないし、俺達も帰りの戦闘には消極的だ。せっかく『賢者の宝冠』を上手くやり過ごしたっていうのに。このままじゃ『白狼』の奴らに上手く搦《から》め捕《と》られちまう。なんとかしないと……」

「レオン。気付かないのか？」

「あん？　何がだ？」

「さっきから『火竜《ファフニール》』が全然来ない」

「……あっ」

「今、僕達が戦っている敵の中に『竜音《りゅういん》』の扱える者はいない。つまり……」

ロランは空を指差した。

「こちらからの『竜音《りゅういん》』が有効ってことさ」

すでにニコラには竪琴《ハープ》を弾かせていた。

大きな影が部隊の間を横切った。

雄叫《おたけ》びが空に鳴り響いたかと思うと、３匹の『火竜《ファフニール》』が『白狼』に襲いかかる。

盗賊《シーフ》達は背後からの奇襲に慌てて逃げ惑う。

ロラン達は敵を深追いすることなく、戦線を離脱した。

ザインはロランを追撃すべく部隊を立て直そうとしたが、主力部隊ではないこともあって手間取った。

ロラン達はその隙に『白狼』の追撃を撒いて街へと帰還する。


街では住民達が冒険者達の帰りを待ち構えていた。

『精霊《せいれい》の工廠《こうしょう》』同盟か『大同盟』か、どちらが先に帰ってくるのか気になるのだ。

中には、屋根の上に登ったり、物見の塔から眺めたりして、少しでも早くどちらの同盟が帰還するのか見定めようとする者もいた。

先に帰って来たのが『精霊《せいれい》の工廠《こうしょう》』同盟だと伝わるやいなや、街中は歓喜の渦に包まれた。

住民達は、『精霊《せいれい》の工廠《こうしょう》』同盟が『大同盟』に勝利したとみなしたのだ。

人々はダンジョンの前に集まって冒険者達を労《ねぎら》う。

ロランは同盟下の者達にあえて遠回りして、『精霊《せいれい》の工廠《こうしょう》』まで帰還するよう命じた。

そのため街はさながらパレードの様相を呈した。

島には新たな文化が根付こうとしていた。

ダンジョンから最初に帰ってくるギルドを祝福する文化。

そして地元の冒険者達に期待を寄せる文化だ。

中には地元が勝つか、外部が勝つか賭博の対象にする不届き者もいたが、住民の地元冒険者に対する期待は日増しに高まるばかりだった。

アースクラフトの弱点

『大同盟』がいなくなって、自由気ままに鉱石を採取できるようになった『精霊《せいれい》の工廠《こうしょう》』同盟だが、喜ぶのも束《つか》の間《ま》、帰り道では『白狼』の苛烈な襲撃が待っていた。

『白狼』の盗賊《シーフ》達は無理な強行軍によって消耗し、士気の上がらない地元冒険者達を狙い撃ちにした。

ニール、グレン、イアンを始めとした『賢者の宝冠』の魔導師達がフォローに回ったものの、『白狼』の巧みな陽動、奇襲、待ち伏せを前にしてなす術《すべ》もなく削られていった。

数度の攻勢を受け、『大同盟』は瓦解した。

結局、『大同盟』はAクラス魔導師が実力を発揮できないまま、鉱石の半分以上が奪われ、『賢者の宝冠』の正規メンバーからも10名ほど捕虜を出してしまう。

こうして這々《ほうほう》の体《てい》で帰ってきたニール達は、街の住民が『精霊《せいれい》の工廠《こうしょう》』同盟の武勇を称《たた》え勝者とみなしているところを目撃する。

事ここに至って、ようやくニールは『精霊《せいれい》の工廠《こうしょう》』同盟にしてやられたことに気づいた。

（あいつら……、舐《な》めた真似《まね》しやがって）

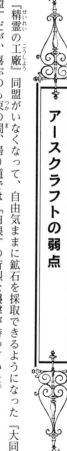

ユフィネは酒場で物思いに耽《ふけ》っていた。

『賢者の宝冠』とのレースに勝ち、大量の鉱石を持ち帰った『精霊《せいれい》の工廠《こうしょう》』同盟だが、その内情は決して芳しいものではなかった。

「なんなんですかあの連中は？」

地元冒険者のいなくなったところで、リックは鼻息も荒くロランに詰め寄った。

「前半なるべく消耗を避けるのはわかります。しかし、後半の地元ギルドのあの態度！こちらが突撃しているというのに援護もしない。あんな連中とは一緒に戦えません。もし、また彼らと同盟を組むというのなら、私は今回の任務、辞退させていただきますよ」

ロランはリックをなだめるのに少なくない時間を費やすことになった。

「はぁー。ったくリックの奴、いつまでも不満をタラタラと……。ロランさんは忙しいっていうのに」

（けれどもどうしようかしら。『白狼《はくろう》』との戦闘。私も何か対策を考えないと）

攻撃しては逃げていく、陣形を使った勝負を仕掛けてこない敵に対してどう戦えばいいのか。

ユフィネがそんなことを思案していると、誰かが隣に座ってきた。

「やあ」

「あなたは……イアン」

ユフィネは再び自分の前に現れた背の高い男に目をパチクリさせた。

イアンは品のいい笑みを浮かべてくる。

「ダンジョン探索は上手《うま》くいったようだね。街ではどこもかしこも『精霊《せいれい》の工廠《こうしょう》』同盟一色だ。君のとこの指揮官に上手くやられたよ」

「あんた達《たち》は散々だったようね。鉱石の半分以上を『白狼』に奪われたって聞いたわよ」

「そうなんだよ。挽回《ばんかい》するのに大変でさ」

「相手のことを侮るからそうなるのよ。せいぜい気を付けることね」

「はは。手厳しいな」

「それで一体何の用？　手は組まないって言ったはずだけど？」

「今回はまた別の用件で来たんだ」

「別の用件？」

「『アースクラフト』についてだよ」

ユフィネは警戒を強めた。

『アースクラフト』は『賢者の宝冠』対策の要となるアイテムだった。

「風の噂《うわさ》に聞いたんだけれど、君達、先のダンジョン探索において、大量の『アースクラフト』を採取したんだってね。自分達では使い切れないほど」

「……」

「実は今、僕達は『アースクラフト』が不足していて困っているんだ。どうかな？　今なら、相場の2倍の価格で取引してもいいと思っているんだけれど……」

「おあいにくさま。別に私達お金には困ってないの。『アースクラフト』を調達したいならよそをあたってちょうだい」

「へえ。それじゃやっぱり前回の探索の目的は『アースクラフト』だったんだね」

ユフィネはハッとした。

（こいつ……）

「つまり君達は『アースクラフト』の精錬が終わるまで次の探索には行けない。そういうことかな？」

ユフィネはグラスをドンと机に置くと、銅貨を置いて、店を後にした。

「待ってよ。どこ行くんだい？」

「ついて来ないでストーカー。もうあんたとは金輪際口利いてやんないから」

ユフィネは『精霊《せいれい》の工廠《こうしょう》』同盟内を回って、「イアン・ユグベルクに気を付けろ。あいつと話すと情報ぶっこ抜かれるぞ」と注意喚起して回った。

ニールとグレンは『賢者の宝冠』の宿舎で沈鬱な面持ちで机を囲んでいた。

再度のダンジョン探索に向けて準備を進める彼らだったが、行く手には問題ばかりだった。

地元の冒険者達は『精霊《せいれい》の工廠《こうしょう》』同盟への乗り換えをチラつかせながら報酬の吊《つ》り上げを求めてきていたし、『竜の熾火《おきび》』までこの機会に足元を見て新規装備の購入を迫ってきた。

（チクショー。どいつもこいつも。ちょっとこっちの調子が悪くなりゃ、足元見やがって。これだからこの島の連中は……）

「ニール。問題は『大同盟』や『竜の熾火』ばかりではない」

グレンが言った。

「『白狼』によって捕虜にされている我々の同志や地元冒険者の解放についても交渉しなければ。特に地元冒険者の『大同盟』への忠誠心が落ちている。即刻対処しなければ……」

「分かってるよ。分かってるけど……」

「すまない。遅れてしまった」

イアンがドアを開けて入ってきた。

「あっ、イアン。お前どこ行ってたんだよ。5時から会議するって言っただろーが」

「ちょっと情報収集に手こずってね。だが、それに見合う成果は上げられたよ」

「何か耳寄りな情報が手に入ったのか？」

「ああ。『魔法樹の守人』は『アースクラフト』を使っているようだ」

「『アースクラフト』を？」

「『精霊《せいれい》の工廠《こうしょう》』同盟があれだけの速度で行軍できたのも『アースクラフト』を持っていたことが大きい」

「なるほど。そういうことだったのか。なら、こっちも『アースクラフト』を調達して……」

「無駄だよ。どうも前回の探索の趣旨は『アースクラフト』の独占にあったようだ。すでに主だった『アースクラフト』の採掘場は全て押さえられている。市場にも僅かばかりしか流通していない」

「なんだと!? くそっ。あいつらそこまで考えて探索してたのかよ」

「完全に後手に回ってしまったな。『魔法樹の守人』か……。大した奴《やつ》らだ」

グレンは腕を組んで唸《うな》った。

「でも、これは考えようによってはチャンスかもよ」

「何？ どういうことだ？」

「彼らが『アースクラフト』を探索の要に置いているということは、裏を返せば『アースクラフト』の精錬が終わるまでダンジョン探索を開始できないってことだ」

「なるほど。つまり、奴らが精錬を終える前にダンジョンに入ってしまいさえすれば……」

「ダンジョン探索で先行して主導権を握れる。ひいては前回向こうにやられたように『白狼』の負担を押し付けることもできるというわけか」

「そういうことだね」

「よし。そうと決まりゃあ早速、準備するぞ。『竜の熾火』の奴らにソッコーで装備を整備させて、同盟の奴らに招集をかけ、最短時間で部隊を編成だ」

その後、ニールは『竜の熾火』に最短時間で装備を整備すれば、追加料金を支払うという条件で話をまとめた。

三日後には全ての準備を終えた『大同盟』がダンジョンへと突入する。

ロラン達が『アースクラフト』の精錬を終えて、ダンジョン前に集合できたのは次の日だった。

ダンジョンからはすでに『火竜《ファフニール》』が『火の息《ブレス》』を放っているのが見える。

『大同盟』はすでに『メタル・ライン』に到達しているのだ。

「なあ、ロラン。これって……」

レオンがダンジョンの方を見ながら不安げに尋ねる。

「ああ。『大同盟』は僕達が『アースクラフト』の精錬に時間がかかることを見越して、先にダンジョンへと突入したんだ」

「くそ。やっぱりそうか。してやられたな」

「どんな装備でもたちどころに復元してしまう『アースクラフト』だが、唯一の弱点がこの精錬にかかる時間だ。この回転率の悪さを嫌って、あえて『アースクラフト』を探索で用いないギルドも多い」

(イアン・ユグベルクか。情報収集のエキスパートなのは分かっていたが、思った以上にやるな)

ユフィネはロランの隣で爪を噛《か》んでいた。

(くっそー。あのすかし野郎。リックが駄々こねて、ロランさんの心証が悪くなってるってのに。よりによって私から情報ぶっこぬくなんて)

「ロランさん、すみません。その、私から情報漏洩《ろうえい》しちゃったみたいで……」

「いいよ。その後、ちゃんと全体に注意喚起して対策を施したんだろ？　むしろこの程度で済んでよかった」

「ロランさん……」

ユフィネはロランの寛大な態度に感激したように目をウルウルさせた。

(とはいえマズいんじゃねぇか)

レオンは思った。

（『賢者の宝冠』を相手に1日のロス。帰りは『白狼』の主力部隊と戦う可能性が高い。それに……、こっちはこっちで問題を抱えている）

レオンがそんなことを考えていると、広場の向こうの方からざわめきが聞こえてくる。後《おく》ればせながらリックが到着したのだ。

「ええい。どけ！　俺の周りをウロチョロするな！」

「やあ、リック。来てくれたんだね」

ロランがにこやかに話しかけた。

リックは不機嫌なのを隠そうともせず険しい顔つきをした。

「ロランさん、改めてお尋ねします。前回のダンジョン探索で演じた『白狼』との戦い。あのように無様な戦いぶりをまた繰り返すおつもりですか？　『魔法樹の守人』最強部隊の指揮官としてお答えください」

ロランも真剣な顔つきで応じる。

「分かっているよ。いつまでも『白狼』の連中に好き勝手させるつもりはない。だが……今はまだ時期尚早だ。今、この島の冒険者は目覚ましい成長を見せている。『白狼』の妨害と『竜の熾火』による歪《いびつ》な錬金術支配に抗《あらが》いながら、ようやくここまで来たんだ。あと少し。あと、もう少しだけ時間が欲しい」

リックは大きく息を吐いて、自分を鎮めた。

「分かりましたよ。今はそれでよしとしましょう」

「ありがとう。ただ、『白狼《はくろう》』との戦い方に関しては、僕の方でも言いたいことがある。リック。君の前回の戦いぶり。なんだあの戦い方は？」

「む」

「1人で突撃して、敵にいいように翻弄されて、あんな風に無謀な戦い方をしろと教えた覚えはないよ」

「……」

「君はAクラスの魔導騎士にして前衛の要なんだ。その君がやられれば、部隊全体の士気に関わる。その自覚は常に持たなきゃダメだよ」

「わ、分かっていますよ。少しばかり『白狼』の戦い方に困惑して、冷静さを欠いただけです。同じ轍《てつ》は踏みませんよ」

「ならいい。頼りにしているよ。……みんな、集まってくれ」

ロランが号令をかけると、同盟参加者達が集まってきた。

「見ての通り、『大同盟』に先を越されて若干不利な状況だ。だが、このくらいの不利を跳ね返してこそ本物の実力。やることは前回と同じだよ。消耗を少なくしてなるべく効率よくダンジョン探索を進める。一歩も引くつもりはない。まずは『大同盟』に追い付くぞ」

静かな追跡

まんまと『精霊《せいれい》の工廠《こうしょう》』同盟を出し抜いて先行した『大同盟』だが、『メタル・ライン』に入ってからはその行軍速度は目に見えて落ちていった。

相も変わらず地元冒険者達《たち》は『火竜《ファフニール》』１匹を倒すのにも異様に手こずっていた。

『賢者の宝冠』の首脳部も地元冒険者の士気を上げるために様々なことを試みてはいた。

報奨金の設定、指揮系統の見直し、監視の強化。

しかし、いずれの方策も大した効果は得られず、むしろ業務の煩雑さを招くばかりだった。

ニールは一時怠惰な地元冒険者に対して罰金を課すことまで提案したが、流石《さすが》にそれはグレンによって止められた。

そうしてなかなか探索ペースを上げられず、難渋しているうちに、『精霊《せいれい》の工廠《こうしょう》』同盟が追い付いてきた。

ニール達は地元冒険者の士気が上がるのを待っているわけにもいかず、虎の子であるAクラス魔法を使って引き離しにかかる。

「グレン。牽制《けんせい》に魔法撃っとけ」

ニールが命じた。

「うむ。やむを得んな。『爆炎魔法』」

グレンは『精霊《せいれい》の工廠《こうしょう》』同盟の先頭に向かって、『爆炎魔法』を放った。

すぐに敵同盟の方で、ざわめく声が聞こえたかと思うと、進軍が止まる。

その後もグレンは敵が近づいて来る度に『爆炎魔法』で牽制し、両同盟は付かず離れずのまま、ダンジョンを進んでいく。

その日はそれ以上何事もなく夕暮れを迎えた。

次の日も、その次の日も同じ展開が続いた。

ダンジョンを進む『大同盟』の後ろを『精霊《せいれい》の工廠《こうしょう》』同盟が一定の距離を保ちながら追尾する。

『大同盟』が野営の素振りを見せると、『精霊《せいれい》の工廠《こうしょう》』同盟もそのすぐ後ろにピタリと付けて野営する。

グレンは『大同盟』の最後尾で敵を牽制する任務に就きながら、敵の一矢乱れぬ動きに驚いていた。

(何という統率力だ。この俺の『爆炎魔法』を目にしながらまるで動じている様子もない。これほど統率の取れた部隊、『魔導師の街』でも見たことがないぞ。敵は本当に寄り合い所帯の同盟なのか?)

そうこうしているうちに、『精霊《せいれい》の工廠《こうしょう》』同盟に絶好のチャンスが訪れる。

その場所は『火山のダンジョン』の中でも、輪をかけて起伏の激しい場所だった。

ロランは弓使い《アーチャー》部隊と盗賊《シーフ》部隊に『大同盟』を襲撃するよう命じた。

『弓射撃』を浴びた『大同盟』は、すぐさま反撃しようとしたが、敵の俊敏《アジリティ》の高さと巧妙な『罠《わな》設置』のせいで逃がしてしまう。

（なんだ？　こいつらのこの戦い方、これは『白狼』の戦い方!?）

そうしてニール達が遊撃部隊に手こずっているうちに、ロラン達本隊は、別の道を進んでいつの間にか『大同盟』を抜く。

それに気づいたニール達は、すぐ様抜き返そうとするが、背後から竪琴《ハープ》の音色に導かれた『火竜《ファアフニール》』が襲ってきて、足止めされてしまう。

瞬く間に、『精霊《せいれい》の工廠《こうしょう》』同盟は『大同盟』を引き離していった。

（ちくしょう。なんなんだよこいつら。こっちは必死で全力で走ってるってのに、まるで軽くあしらうみたいに）

「ニール。ちょっといいか？」

「なんだよ。グレン」

「俺に兵を預けてくれないか？」

「兵を？　一体なんで……」

「この場で『白狼』を待ち伏せし、奴《やつ》らを討ち取るためだ」

新しい工房《アトリエ》

「『白狼』を待ち伏せ？」

　ニールはグレンの言葉に眉を顰《ひそ》めた。

「『精霊《せいれい》の工廠《こうしょう》』同盟に後れを取ってるこの状況でか？」

「この状況だからこそだ」

　グレンも負けじと強い調子で返す。

「このまま『精霊《せいれい》の工廠《こうしょう》』同盟を必死に追いかけ、よしんば追い抜いて先に鉱石を調達したとしても、帰りは消耗した状態で『白狼』に狙われることになる。ならばいっそのことここで『白狼』を待ち伏せし、叩《たた》き潰す方が得策だ」

「分かってんのかよ。部隊を2つに分ける以上、何の成果も出せませんでしたじゃ済まないぜ？」

　ニールは試すようにグレンを睨《にら》み付けた。

　グレンも覚悟を決めた顔で返した。

「……よし。分かった。部隊を再編するぞ」

　ニールは部隊の3分の1をグレンに預けて、『白狼』の待ち伏せ任務に就かせた。

グレンが平地で待ち伏せしていると、『白狼』の先頭部隊がのこのこやってきた。

彼らは『大同盟』が展開しているのを見ると、いかにも今気付いたといった様子でハッとし、慌てて陣形を組み始める。

「『大同盟』だ」

「目の前にいるぞ」

「陣形を組むんだ。急げ」

(来たか)

グレンは闘志を漲《みなぎ》らせた。

「突撃だ！　卑劣な盗賊《シーフ》共に目にものを見せてやれ！」

『大同盟』の前衛が一斉に突撃した。

二つの部隊はしばらくの間、互角の白兵戦を演じていたが、グレンが『爆炎魔法』を放ったことで『白狼』は崩れた。

「うわあああ」

「グレン・ロスがいるぞ」

「逃げろ。撤退だ！」

『白狼』の盗賊《シーフ》達は逃げ始める。

「よし。追撃しろ」

　グレンが命じた。

「お待ちください」

　地元の冒険者が制止した。

「なんだ一体？」

「妙ではありませんか？　『白狼』のこの動き。いつもは山の陰に身を潜めて、決して姿を現すことはないのに、今日に限って妙に堂々と戦いを挑んできました」

「敵も油断していたのだろう。いつも有利な状況でばかり戦っていれば自然と気が大きくなるものだ。さあ、行くぞ」

　グレン達は脇目も振らず盗賊《シーフ》達を追撃した。

　途中、後ろに控えていたと思《おぼ》しき『白狼』の部隊に何度か遭遇したが、その度に戦っては蹴散らして、崖に囲まれた場所まで追い立てる。

（次々と逃げて行く。これは思いの外、高い戦果を獲得できるやもしれんな）

　グレンはいよいよ気を大きくして追い討ちを本格化させる。

　しかし、『白狼』の盗賊《シーフ》達は谷底の細い出口までたどり着いたところで急に反転して、戦う姿勢を見せた。

　その後ろには待ち構えていた部隊が姿を現す。

「むっ。あれが本隊か？」

姿を現したのは彼らだけではなかった。

崖の上にも潜んでいた盗賊達《シーフ》が姿を現して、弓矢を射かけ、グレン達のやって来た道には撒菱《まきびし》をばら撒《ま》き、逃げ道を塞いだ上で、四方八方から散々に痛めつけた。

しばらく一方的に攻撃された後、グレン達は投降を余儀なくされる。

ジャミルは捕虜の中にグレンがいるのを確認して満足した。

（よし。Aクラスを1人召し取ったぜ。身代金だけでも元は取れる。これで『大同盟』は虫の息。あとは『精霊《せいれい》の工廠《こうしょう》』同盟を潰すだけだ）

グレンが『白狼《はくろう》』に惨敗を喫している頃、ニール達はニール達で矛盾する作戦を取っていた。

『精霊《せいれい》の工廠《こうしょう》』同盟との競争をやめるどころか、速度を上げて山を駆け上っていた。

（人数が減った分、行軍スピードが増したぜ。これなら『精霊《せいれい》の工廠《こうしょう》』同盟に追い付ける！）

ステータスが消耗するのも厭《いと》わず、遮二無二『精霊《せいれい》の工廠《こうしょう》』同盟に追い付こうとする。

努力の甲斐《かい》あって『大同盟』は『精霊《せいれい》の工廠《こうしょう》』同盟の最後尾と数時間の距離にまで近づくことができた。

『精霊《せいれい》の工廠《こうしょう》』同盟の最後尾で指揮をとっていたレオンは、背後から『大同盟』が近づいて来ているのを察知して、一瞬慌てた。

『精霊《せいれい》の工廠《こうしょう》』同盟の中央を率いているロランとは約8時間の距離がある。

そこまで急いで駆け付けるか、援軍を要請するか、あるいは単独で戦うか。

（ロランからの援軍は間に合わない。ここは単独で対処するしかない）

幸いそこは起伏の多い場所で身を潜める場所はいくらでもあった。

レオンは要所に伏兵を配置して、自身は高所から敵の動きを観察した。

すると、『大同盟』は特に警戒するでもなく進んできた。

レオンはその様を見て苦笑する。

（『賢者の宝冠』には指揮適性のある奴がいないとは聞いていたが……、なるほど、こりゃ酷《ひで》えな。偵察もせず、高所も警戒せず進んでくるとは）

無理な強行軍のせいでステータス鑑定をせずとも俊敏《アジリティ》がガタガタなのは明白だった。

レオンは敵が侵入してきたところで、高所から矢を射掛け、敵が動揺したところに白兵戦部隊を突撃させた。

すぐに『大同盟』はパニックになる。

「なっ、何やってんだ」

ニール達《たち》はやむなく部隊を後退させて、態勢を立て直した。

レオンはその隙にさっさと本日の目標地点まで向かい、敵の追撃を撒いてしまう。

その後もロラン達は『大同盟』を寄せ付けることなく、採掘場へと先着していった。

『火山のダンジョン』内で三《み》つ巴《どもえ》の駆け引きが火花を散らしている頃、街では新しい動きがあった。

港に続く大通り、『竜の熾火《おきび》』に程近い場所で何やら新しい建物が建てられようとしている。

初め人々は一体誰が何の目的でこのような建物を建てるのかと訝《いぶか》しんでいたが、実際にそのヴェールが剝がされてあっと息を吞《の》んだ。

それは『精霊《せいれい》の工廠《こうしょう》』の新工房《アトリエ》だった。

港に程近いその立地からして、『竜の熾火』の顧客を奪い取るのが目的なのは明らかだった。

エリオの突撃

『精霊《せいれい》の工廠《こうしょう》』の新工房《アトリエ》を見たメデスは、慌てて懇意にしている地元の有力者達に問い合わせて回った。港に連なるあの付近の土地に工房《アトリエ》の許認可を出さないのは、半ばメデスと有力者達の間での暗黙の了解だった。

しかし、彼らの返答は素っ気ないものだった。

すでに彼らはランジュらの根回しによって籠絡されていた。地元の有力者にとっても、『精霊《せいれい》の工廠《こうしょう》』の人気は無視できないものとなりつつあったのだ。

『精霊《せいれい》の工廠《こうしょう》』の新工房《アトリエ》が全貌を現すその少し前、リゼッタはランジュの下を訪れていた。

彼女は『竜の熾火』を退職した後、独自に情報収集して、新しい活躍の場を求めていたのだが、その過程で『精霊《せいれい》の工廠《こうしょう》』が新たに工房《アトリエ》を立ち上げるという噂《うわさ》を耳にしたのだ。

「ウチに入りたい？」

ランジュは突然訪れてきたリゼッタに胡散臭《うさんくさ》い目を向けながら対応していた。

「ええ。『精霊《せいれい》の工廠《こうしょう》』様の方でも新たに錬金術師を雇いたいのではないかと思いまして」

「そんな告知を出した覚えはないが……」

「聞くところによりますと、『精霊《せいれい》の工廠《こうしょう》』は新たに工房《アトリエ》を立ち上げるそうですわね。そうなれば今抱えている人員だけでは足りないのではなくて？」

（こいつ……、どっから情報を……）

「それはそうと……、ロランさんはいらっしゃらないのですか？」

リゼッタは少し改まったような態度で聞いてきた。

「ロランさんは今、『精霊《せいれい》の工廠《こうしょう》』同盟を率いてダンジョンを探索中だ」

「あら、そうでしたの。それは残念ですわね。久々にお話したいと思っていましたのに」

「ロランさんと知り合いなのか？」

「ええ。ロランさんが帰ってきたらお伝えください。以前の約束を果たすためにリゼッタが訪れたと」

「約束？　一体どういう……」

「ここで言うのは少し憚《はばか》られることですわ」

（こいつ……、ロランさんとどういう関係だ？）

ランジュが警戒心を強めていると、アイナが部屋に入ってきた。

「ランジュさん、新しい工房《アトリエ》の件ですけれども……。あら？　あなたリゼッタじゃない」

「げっ。アイナさん」

「ん？　2人は知り合いなのか？」

「ええ。まあ」

アイナはにっこり笑った。

リゼッタはバツの悪そうな顔になる。

アイナはリゼッタの方に向き直って、勝ち誇ったような顔をした。

「リゼッタ。あなたあの時、言ったわよね？　ウチの工房《アトリエ》の錬金術師があなたの作った装備に一度でも勝てば、ウチに移籍してもいいって。私の『絡みつく盾《フレキシブル・シールド》』があなたの『火槍《ジャベリン》』を鹵獲《ろかく》したようだけれど、どうかしら？　少しは私とロランさんのこと認めるつもりになった？」

「ぐぬぬ」

リゼッタは少しの間、悔しそうな顔をしていたが、すぐに余裕のある態度を取り戻した。

「いいでしょう。ここは一旦私の負けということにしておきます。ただし、まだ勝負は終わっていませんよ。『精霊《せいれい》の工廠《こうしょう》』でロランさんの指導の下、必ずやあなたよりもいい装備を作ってみせますから」

「……まあ、いいわ。とにかくあなたは約束通りウチに移籍するということね。ロランさんが戻ってくるまでどうなるか分からないけど、私は歓迎するわ。たとえ同僚になったとしてもあなたに負けるつもりはないから。そのつもりでいてね」

「ええ。こちらこそ望むところですわ」

ランジュは2人の話についていけず、難しい顔をする。

（全然話が見えねぇ。ロランさん、一体何やってんだよ）

『火山のダンジョン』内では、ロラン達が鉱石の調達を終えて下山しようとしていた。

今回も『大同盟』をギリギリまで引き付けてからパスし、『白狼』の負担を押し付けようとする。

しかし、今回ばかりは『白狼』もロランの策には乗ってくれなかった。

主力を『精霊《せいれい》の工廠《こうしょう》』同盟にぶつけてくる。

戦力の3分の1を失った『大同盟』は、もはや虫の息。

今後のことを見据えれば、叩《たた》くべきは『精霊《せいれい》の工廠《こうしょう》』同盟。

ジャミルはそう判断した。

待ち伏せからの『弓射撃』と、山陰からの『火竜《ファフニール》』強襲が、『精霊《せいれい》の工廠《こうしょう》』同盟を襲う。

「『火竜《ファフニール》』だ」

「山の陰から来たぞ」

「反対側から『弓射撃』。『白狼』だ」

『精霊《せいれい》の工廠《こうしょう》』同盟の冒険者達は、『白狼』の待ち伏せと奇襲にわちゃわちゃと対応し始めた。

『魔法樹の守人』も加えて人数の膨れ上がった同盟を守り切るのは至難の業だ。

『白狼』は各部隊の連結の弱いところ、地形的に不利になる部分を巧みについて、同盟の体力《スタミナ》を徐々に奪っていく。

（この絡みついてくる感じ。ジャミルがいるな。『白狼』の矛先を『大同盟』に向ける作戦は失敗か）

リックは最前線で降り頻《しき》る矢の雨を受け止めながら歯痒《はがゆ》い思いだった。

（くそ。またこのパターンか。こうもあからさまに敵から攻撃されているというのに、こちらからは攻撃にいけないとは）

リックはロランから1人で突撃しないよう厳しく戒められていた。

突撃する際には、最低でも2人以上で、後衛の援護がある時のみ。

（とはいえ……）

リックは傍《そば》の地元冒険者達をチラリと見る。

（こいつらに突撃する勇気があるとは思えん。ええい、何かないのか。この膠着《こうちゃく》を打破し、『白狼』に打撃を与える方法は）

リックがそんなことを考えていると、隣から誰かが飛び出した。

（!?　誰だ？）

エリオだった。

降り頻る矢の雨をものともせず、盾で頭部を隠しながら坂を駆け上がり『白狼《はくろう》』の陣営に飛び込んでいく。

（まだどこかで思っていた。このままでいい。このままで問題ないって。でも……）

エリオの脳裏にあるのは、ロランがリックを宥《なだ》めている場面。

（俺達が不甲斐《ふがい》なければ、結局その尻拭いをするのはロランなんだ。ロランは俺達の成長のために辛抱強く付き合ってくれた。今度は俺達がロランを支える番だ！）

エリオは敵の防衛線の一角に突っ込み、戦列を崩していく。

それを見てリックは笑みを浮かべた。

「ふっ。骨のある奴《やつ》がいるじゃないか。この島にも！」

リックはエリオに続いて、『白狼』の陣営に斬り込んでいく。

後ろに控えていた他の冒険者達も2人の突撃に勇気づけられて、続々前進していく。

その中には地元冒険者達も含まれていた。

『白狼』はたちまちのうちにその場から撤退していく。

遅れて駆けつけたロランもエリオの勇戦ぶりに満足した。

（ついに覚醒したか。それを待っていたんだよ、エリオ）

【エリオのスキル】

『盾防御』：A（↑1）
『盾突撃』：A（↑1）

2人のAクラス盾使いにより前衛にも隙のなくなった『精霊《せいれい》の工廠《こうしょう》』同盟は、その後も『白狼』からの攻撃を跳ね返し続け、無事に街へとたどり着く。

ロラン達《たち》は街を練り歩きながら新たにできた工房《アトリエ》へと凱旋《がいせん》する。

秘密協定

『精霊《せいれい》の工廠《こうしょう》』の新しい工房《アトリエ》にたどり着いたロラン達は、その建物の堂々とした佇《たたず》まいに感嘆した。

「これが俺達の新しい拠点か」

「立派な建物だな」

「店舗も併設されてるぜ」

冒険者達は錬金術師達の働きぶりにも感心した。

アイナ達は預けられた装備を手際よく回収・保管して、冒険者達が休めるようにする。

ロランも新しい工房《アトリエ》が上手《うま》く稼働していることに満足した。

アイナから一通り報告を聞いた後、ロランはリゼッタと再会した。

彼女に『竜の熾火《おきび》』と戦う意志があるのか確認した後、『精霊《せいれい》の工廠《こうしょう》』への加入を認める。

工房《アトリエ》が機能していることを確認したロランは、同日中に『精霊同盟』の発足を宣言した。

『精霊同盟』は『精霊《せいれい》の工廠《こうしょう》』同盟からさらに一歩踏み込んだ同盟で、それまでのギルド同士の緩やかだった連帯をより一層強固にしたものだ。

『精霊同盟』に加盟したギルドは、『精霊《せいれい》の工廠《こうしょう》』から優先的に武具装備の提供を受けられる一方、特段の事情がない限り『精霊同盟』の要請に応じなければならない。

また、ダンジョン探索で得られた戦果は、各ギルドの貢献度によって公平に分配され、同盟への在籍歴が長ければ長いほど恩恵が受けられる。

『暁の盾』、『天馬の矢』、『2人の魔導師』、『鉱石の守人』、『銀鷲《ぎんわし》同盟』、『山猫』といった同盟常連のギルドはすぐ様加盟することを表明した。

それを受けて他のギルドも続々加盟する。

ロランは『精霊同盟』の第一回目の会議を新工房《アトリエ》にて開催した。

議題は『精霊同盟』の今後の目標について。先のダンジョン探索で、『大同盟』に2連勝したこともあって、会議には楽観ムードが漂っていた。

「前回の探索でもう今月分の目標は達成したようなもんだ」

「『賢者の宝冠』は思ったより大したことなかったな」

「こっちには『アースクラフト』も豊富にあるし、もう勝ったようなもんじゃないか？」

「となると、次の目標は部隊の強化か？」

「そろそろ装備をアップデートしたいよな」

「ロランによると、エリオもAクラス相当のスキルを身に付けたんだし、『不毛地帯』へ行ってもいいんじゃないか？」

「そうだな。それもありかもな」

「どうかな。僕はまだ時期尚早だと思うけれど」

会議に居合わせたほとんどの者の顔色に反して、1人だけ険しい顔をしたロランが言った。

「時期尚早だって？　いつになく弱気だな」

「何か心配事でもあるのか？」

「『精霊同盟』が『不毛地帯』に行くにはまだ足りないものがある」

「足りないもの？」

「なんだよそれは」

「僕達に足りないもの。それは容赦の無さだ」

「容赦の無さ……」

「みんな『賢者の宝冠』にはすでに勝ったかのような見方をしているが、僕はそうは思わない。むしろ今が最も危険な時だ。『賢者の宝冠』との戦闘はこれ以上ないくらいに有利に進んでいる。だが、ここが問題なんだ。最後の最後で勝ち切ること。それが何より一番難しい。手負いの獅子《しし》ほど怖いものはない。『賢者の宝冠』も僕達の実力は痛いほど分かったはずだ。3回も同じ手を食うほどバカじゃない。弱者の戦いに徹して、必死の抵抗をしてくることが予想される。そんな中、今までと同じような戦い方をしていれば、足を掬《すく》われることも十分ありうる。『賢者の宝冠』に完全に勝ち切る。そのためには弱り切った相手に対して、容赦なくトドメを刺す覚悟が必要だ」

一同が静まりかえる。

レオンは改めてロランに対して畏敬の念を抱いた。

（やはりこいつは普通の人間とは一味違う。誰もが楽勝ムードになって気を緩ませている中、こいつだけは逆にますます緊張感を高めている。これが超一流の人間なのか）

その後、ロランの意向もあり、『賢者の宝冠』をこの島から完全に駆逐するまで痛めつけることが、『精霊同盟』の最優先目標であると定められ、会議はお開きとなった。

『精霊《せいれい》の工廠《こうしょう》』に遅れること数日、『賢者の宝冠』も街へと帰還した。

彼らは今回も『白狼』にいいように翻弄され、戦果は無いにも等しかった。

流石《さすが》のニールも口数を少なくして、意気消沈してしまう。

もはや資金も底をつき、撤退するしかないように思われた。

が、ここで意外な勢力が援助を申し出てきた。

『竜の熾火』と『白狼』である。

彼らの望みはただ一つ。『精霊《せいれい》の工廠《こうしょう》』に打撃を与えること。

　それさえしてくれるのなら、『竜の熾火』は装備代を割引するし、『白狼』の方でも『大同盟』の捕虜を身代金なしで解放した上、戦いに当たっては援護を担当してもよい。

　こうして『賢者の宝冠』と『竜の熾火』、『白狼』の三者によって対『精霊同盟』秘密協定が結ばれるのであった。

リスク

今月3回目のダンジョン探索に赴くべく、『精霊同盟』は広場に集まっていた。

仲間達が準備を進める傍らで、ハンスは物思いに耽《ふけ》っていた。

（容赦のなさ……か。あの注文。名指しこそしなかったが、おそらく僕に向けたものなのは間違いない。『賢者の宝冠』に決定的なダメージを与えられるかどうかは僕にかかって……）

「ハンス！」

ハンスは自分を呼ぶウィルの声にハッとした。

「ウィルか……」

「探索が始まるまでまだ時間がある。少し話さないかい？」

2人は号令がかかるまで広場のベンチに腰掛けることにした。

「会議でロランが言ってたこと、どう思う？」

ウィルが聞いた。

「容赦のなさが足りない、……のことかい？」

「そう、それ」

「分かってるよ。名指しこそされなかったが、要するにロランは僕の働きに不満を覚えているんだ」

「僕達の、だ」

「ウィル？」

「エリオ達前衛が『白狼《はくろう》』の攻撃を押し返しているのに、勝負を決められないのは僕達後衛の責任だよ」

「ウィル、君から見てどう思う？　僕達に何が足りないのか」

「そうだね」

ウィルは少し考えるような仕草をしてから話し始めた。

「『魔法樹の守人』の戦い方を見て感じたんだけれど、彼らと僕達とではリスクの取り方が違うように思うんだ」

「リスク？」

「そう。彼らは僕らから見れば、少し危険に感じるほど前に出ようとする意識が強い。けれども、島の外のギルドでは、後衛でもあのくらい前へ出る意識が高くないといけないのかもしれない」

「なるほど。リスクをとって前へ出る意識か」

ハンスはしばらく考えた後、ウィルの方に向き直った。

「ウィル。今回の探索で僕は前に出る意識を高めてみることにするよ。ある程度の危険は覚悟して」

「いいのかい？　負担は倍増するし、責任重大だよ？」

「覚悟の上だ」

「よし。君がそこまで言うなら僕も付き合うよ。一緒にロランに直談判《じかだんぱん》してみよう」

2人はロランに追撃の意識を高めたい旨を伝えた。

ロランは許可した。

ただし本来の役割、索敵や前衛のサポートをきちんと果たすのならと条件をつけた上で。

自分の部隊のチェックを終えたユフィネは、レリオとシャクマを伴って敵方である『大同盟』の方を見ていた。

『大同盟』は兵装も作戦も特に前回と何も変わりなく、準備を終えようとしていた。

「何か仕掛けてくるかと思いましたが、特になんの工夫もなくきましたね」

レリオが言った。

「何も有効な策を思いつかなかったんでしょうかね？」

シャクマが言った。

「どうかしらね。まだ、何があるか分からないわ。油断しないように……」

ユフィネがそう言いかけたところで、イアンとバッタリ出会《でくわ》してしまう。

「レイエス！」

「シャクマ、レリオ、戻るわよ」

ユフィネは2人を伴って、自陣営に戻ろうとした。

「レイエス。待ってくれ！　話したいことが……」

「私にはないわ」

「後生だ。どうか聞いておくれ」

「くどい。もう、あんたとは何一つ口利《くちき》いてやんないから」

「待ってくれ。このままじゃ、『白狼』の思う壺《つぼ》だ。ここは僕達《たち》で連携して……」

ユフィネは酷薄な笑みを浮かべながら、イアンの方を見た。

「ふん。『白狼』に襲われて困るのはあんた達だけでしょ。変な小細工ばかりするからそうなるの。自業自得よ。さ、2人とも行くわよ。私達も最後の準備を終えないと」

ユフィネにすげなくあしらわれたイアンは、肩を落とす。

イアンをあしらったユフィネは、その足でロランの下に報告しに行った。

「私、言ってやりましたから。あんた達と組むつもりはないって」

ユフィネは得意げに言った。

「……そうか」

ロランは喜ぶどころかむしろ思い悩むような顔になる。ユフィネは、キョトンとした。

(イアンは情報収集のエキスパート。『精霊同盟』の会議内容も既に把握しているはず。なのにこのタイミングで和平交渉?)

「ユフィネ。ダンジョンに入ったらすぐ『広範囲回復魔法』をかけられるように準備しておいて。何かが起こるかもしれない」


その後、準備を終えた『大同盟』は、粛々と裾野の森へと入っていった。

少し遅れて『精霊同盟』もダンジョンへと入る(今回、『大同盟』は前回よりも大幅に人数を減らしたためいつもより速やかに準備をこなすことができた。どうも彼らは少数精鋭を選抜したようだ)。

ロラン達はしばらく裾野の森をつつがなく進んだ。

散発的に雑魚モンスターが襲ってくるが、難なく片付けて探索を再開する。

『大同盟』の進むスピードが速いので、追いつけなかったが、大した問題ではない。

自分達はこれまで通り探索すればいい。

『メタル・ライン』に至ればどうせ『大同盟』のスピードは鈍化する。

巻き返すチャンスはいくらでもある。

誰もがそう考えていた。

そんな考えを改めることになったのは、『メタル・ライン』最初の高原にたどり着いてからだった。

前衛を務めていた部隊の前に、突如として『大同盟』の部隊が展開したのだ。

彼らは平地に布陣して準備万端で待ち構えていた。

慌てふためく『精霊同盟』を前にして一気呵成《いっきかせい》に攻撃を仕掛けてくる。

最初の一撃にはどうにか耐えられたものの、『魔法細工』の剣鎧《よろい》を纏《まと》った戦士《ウォーリアー》、ニールの『攻撃付与』、グレンの『爆炎魔法』によって畳み掛けられると、部隊は敗走することを余儀なくされた。

『精霊同盟』の前衛を蹴散らしたニール達は、余勢を駆って風の速さで坂を駆け下ると、ロランのいる本隊に向かって猛然と襲いかかった。

決戦

鬨《とき》の声《こえ》と武器の鳴る音がする。

ロランは前方を注視した。

上空に矢が飛んで合図が送られた。

敵に攻撃されている！

（『大同盟』が攻撃を仕掛けてきた。この感じ。やはり彼らの目的は鉱石ではなく、こちらを撃破することか！）

やがて、怒号は止《や》み一瞬の静寂ののち、大勢が移動する足音が聞こえてくる。

先行させていた部隊は全滅したのだ。

「ロラン、これって……」

「『大同盟』がこちらに攻撃を仕掛けてきたんだ。急いで迎撃態勢を整える必要がある」

「なっ、マジかよ」

「レオン。一隊を引き連れて背後にある高所を押さえてくれ。『白狼』が攻撃してくるかもしれない」

「わ、分かった」

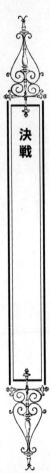

レオンは急いで部隊を引き連れ、背後の防御に向かった。

「ユフィネ、シャクマ。『大同盟』が攻撃してくる。急いで防御態勢だ。前方に盾使いを配置して、『広範囲回復魔法』と『防御付与』でしのぐぞ」

「は、はい」

「分かりました。『地殻魔法』は使用しますか？」

「……いや。ここは広く部隊を展開して戦おう」

ユフィネとシャクマは慌ただしく指示を出して、陣形を構築し始めた。

間もなく赤い輝きを纏った戦士《ウォーリアー》達が坂を駆け下り、『精霊同盟』の盾使い達に斬りかかってきた。

その勢いは凄《すさ》まじく、ロラン達は敵の攻撃を受け止めるだけで精一杯だった。

ユフィネの『広範囲回復魔法』が高原一杯に広がり、そこかしこで剣と盾のぶつかり合う音、火炎の爆《は》ぜる音が鳴り響いた。

戦闘音が鳴り響くのを聞いた『白狼』は、『精霊同盟』を背後から奇襲しようとした。

が、レオンによって高所に先回りされ、攻めあぐねていた。

「チイッ。『大同盟』の奴《やつ》ら。仕掛けるのは俺達が高所を占拠してからって言っただろうが」

ジャミルはニール達の拙速に舌打ちする。

『精霊同盟』の背後はレオンが完璧に固めていて、せいぜい弓使《アーチャー》いに攻撃させるくらいしか、手がなかった。

「仕方がない。ここは敵の一隊を引き付けることに集中するぞ」

ジャミル達は消極的な攻撃に終始した。

ジャミル達が攻めあぐねている頃、ニールの方でも、いつまでも崩れる気配を見せない『精霊同盟』に苛《いら》立《だ》ちを募らせていた。

「チィ。何やってんだよ。『白狼』の奴らは」

戦闘が始まって1時間が経《た》つというのに、『精霊同盟』が背後を脅かされている気配が一向に見えない。

奇襲攻撃を受けてあっさり崩れるかに見えた『精霊同盟』だが、ユフィネの『広範囲回復魔法』によって前衛を間断なく回復することで持ち堪《こた》えていた。

その後、次の矢を放とうとしたニール達だったが、『精霊同盟』の左翼と右翼が側面を脅かす気配を見せたので、ニール達も両翼を展開することを余儀なくされた。

現在、両軍は高原の幅いっぱいに戦線を広げ、がっぷり組み合って削り合っている。

ここで『白狼』が背後を脅かせば勝負は決まるはずだが……。

（あいつら何やってんだよ。寝ぼけてんのか？　戦いはもう始まってんだぞ。臨機応変に対応しろよ）

ニールはすでに『攻撃付与』から『防御付与』に切り替えていた。

敵がすぐに回復できる以上攻撃力を上げても意味がない。

またニールが支援魔法をかけられるのはせいぜい20名まで。

中央の前衛を支えるだけで精一杯であり、そのためイアンとグレンが両翼に回らざるを得ず、戦力は分散されていた。

膠着《こうちゃく》状態が続き、早くもニールは苛立ちを募らせるのであった。

ロランは全体の戦況を注意深く見守っていた。

（どうにか戦況を落ち着かせることはできた。あとは敵をどう崩すかだな）

後ろのレオンは『白狼《はくろう》』を相手に戦っているものの、小競り合いばかりで一向に激化する様子はない。

となれば、やはり『大同盟』を倒し切れるかどうかが勝負の分かれ目だろう。

ロランは『大同盟』の戦い方を観察した。

（一見、Aクラス魔導師の3人は役割分担して上手《うま》く機能しているように見える。だが、その実、全体を見て動いている者は1人もいない）

ロランのいるところからは『大同盟』の後衛の様子までは窺《うかが》い知ることができない。

だが、それでも『爆炎魔法』の立ち上る位置と支援魔法の青い輝き、回復魔法の魔法陣の様子から、敵のAクラス魔導師3人がそれぞれ何を考えているのかはなんとなく窺い知れる。

グレンとイアンはこちらの両翼を止めるので精一杯。

ニールは中央突破することしか頭にない。

（総合力ではこちらの方が上だから、このまま持久戦で相手が消耗するまで待つという考え方もある。が、ここはあえて犠牲を出してでも敵を仕留める。そういう勝ち方を目指す！）

ハンス達がリスクを冒してでも戦果を上げることを提言してきた。

ロランとしてはこの機会に彼らに犠牲を厭《いと》わず戦うこと、すなわち危険を冒してでも勝ち切る戦い方を身に付けてほしかった。

ロランは3人の性格についてもほぼ分析を済ませていた。

ニールは『賢者の宝冠』の中で最も影響力のあるリーダー。

だが、直情径行で短絡的。後先考えずに行動するところがある。

グレンは最も年長で思慮深いが、臨機応変に対応するのが苦手で状況の変化についていけない。

イアンは視野が広く作戦立案能力もあるが、矢面に立つのを嫌い、ニールの指示についつい流されてしまう。

ニールを罠《わな》にかけて、グレンのところで変化をつければ勝てる。

ロランはそう判断した。

「おい、ロラン」

カルラが話しかけてきた。

「私の出番はまだか？　もう戦いが始まって随分経つが……」

ロランはカルラを温存していた。

「奇遇だね。ちょうど今、君を投入しようと思っていたところだよ」

ロランはカルラに指示を出して、ニールと相対しているシャクマの下へと向かわせた。


ロランの命を受けたシャクマは、エリオを下がらせ、カルラを隊列の後ろに控えさせた。

この動きを見たニールはまんまと誘いに乗ってきた。

エリオが下がったのを見て、攻勢のチャンスと錯覚。

『防御付与』から『攻撃付与』に切り替えるが、カルラの影打ちであっさり迎撃される。

中央は膠着状態が続いた。

一方、ニールの前から離れたエリオはロランに命じられて、右翼方面へと移っていた。

リックと2人で協力して、前線を押し上げる。

グレンは攻撃魔法で対抗したが、2人のAクラス盾使いの前になす術《すべ》もなく後退する。

ロランは前線を押し上げることでできたスペースに『地殻魔法』で高台を作るようラナに命じた。

ラナはすぐに作業を完遂させ、ハンスが高台の上に上り、敵の後衛に向かって『弓射撃』を始める。

グレンは盾の後ろに隠れざるをえなかった。

グレンの攻撃回数が減る一方で、ウィルの攻撃回数が増えていく。

（あの弓使い《アーチャー》をどうにかしなければ）

グレンはハンスに向かって『爆炎魔法』を放つ。

しかし、爆炎はハンスの弓に装着されている紅玉に吸い込まれてゆく。

（あれは！『炎を吸い込む鉱石』か!?）

ハンスはグレンが驚いているうちに、『魔法射撃《マジック・ショット》』で、グレンを射抜いた。

グレンはステータスを削られ戦闘不能となる。

やがて、『精霊同盟』の右翼（『大同盟』から見れば左翼）が敵の前衛を破り後衛を脅かした。

ニールはギョッとする。

（左側が崩れてる？　グレンがやられたのか!?）

「左を突破されたぞ！」

「グレンがやられた！」

『大同盟』の左翼はなす術もなく崩されていった。

（……強すぎる）

イアンは呆然《ぼうぜん》とした。

（地形を利用した戦いだけでなく、陣形戦でも全く歯が立たない。敵の指揮官は……本当に鑑定士なのか？）


ハンスとウィルは敵の左翼が崩れたのを見て、すぐさま前に出た。

（ここだ。ここで容赦のない追撃をして、勝利を確かなものにする！）

「ハンス。ニールとイアンを仕留めなきゃダメだよ」

「分かってる。ウィル、君こそ敵にトドメをさせなきゃダメだよ」

『大同盟』陣営ではニールが必死の立て直しを図っていた。

「なんとしてもここを凌《しの》げ！　ここさえ凌げればまだ希望はある！」

（グレンはやられたが、まだ『白狼』がいる。日を跨《また》ぎさえすれば、ステータスも回復する。そうなればまた状況も変わってくるはずだ）

後退を指揮するニールの目の端に、近寄ってくる敵の弓使い《アーチャー》と魔導師が映る。

ハンスとウィルだった。

「あいつらを撃て！　足止めしろ！」

ニールは近くにいた弓使い《アーチャー》の一隊に命じた。

すかさず『大同盟』の弓使い《アーチャー》とハンスの間で撃ち合いが始まる。

ハンスは敵の弓使い《アーチャー》を1人ずつ倒していくが、ニールのことは取り逃がしてしまう。

（くそっ。ニールとイアンを仕留めて勝負を決めたいのに。これ以上無闇に近づけない。逃げられてしまう）

「ここは俺に任せろ」

エリオとリックがハンスを追い抜かしたかと思うと、敵の弓使い《アーチャー》の方に突っ込んでいく。

「エリオ!?」

「勝負を決めるんだろ？　行け！」

「ふっ。仕方ない。その賭け、俺も付き合うぞエリオ」

リックもエリオに続いて突撃する。

2人は敵の弓使い《アーチャー》から集中砲火を受けた。

ステータスがゴリゴリ削られ、エリオは途中で力尽きた。

リックはどうにか敵と相打ちになった上で潰れる。

しかし、それによりハンスの前に道が開けた。

ハンスは駆け抜けて、再びニールを射程距離におさめる。

ニールは絶望的な気分になる。

(なんなんだよこいつら。この士気の高さは一体……。こんな部隊……、この島はおろか、島の外でも見たことがな……)

ニールの思考はそこまでだった。

ハンスの放った矢をまともに食らって、気を失う。

「ニール！　くそっ」

イアンは仲間の後ろを通ってどうにか逃げようとする。

ハンスの射程からはわずかに遠かった。

(遠いか？　いや、仕留められる。今の僕なら！)


【ハンス・ヴェルガモットのスキル】

『弓射撃』：A（↑1）

ハンスの放った矢は、生き馬の目を抜くようにはるか遠くのイアンを微《かす》かな隙間から射抜いた。

「ぐあっ」

イアンも全てのステータスを削られてその場に倒れる。

ウィルは未《いま》だ撤退を続けている残存部隊を魔法の射程に捉えていた。

『賢者の宝冠』の冒険者はほとんど力尽きており、未だ退却を続けているのは、ステータスを温存していた地元冒険者達《たち》がほとんどだった。

(同郷の者に追撃をかけるのは忍びないが、ここで撃てなきゃこれ以上は成長できない。そうだろロラン?)

「フルパワーでいくよ。『爆風魔法』」

逃れていく冒険者達を竜巻が襲う。

その追撃は、退却する敵部隊に残っていた最後の士気を根こそぎ奪っていった。

限界まで魔力を解き放ったウィルはその場で失神してしまう。

【ウィル・ウォンバットのスキル】

『爆風魔法』:A(↑1)

営業会議

高所を占拠するレオンの部隊と対峙《たいじ》していたジャミルは、丘の向こう側の戦況が変化したのを感じた。

(戦闘音が消えた。『大同盟』が負けたのか？)

「なあジャミル。これって……」

「戻るぞ」

「えっ？」

「『大同盟』なしで『精霊同盟』と渡り合うのは不可能だ。敵がこちらに全力を振り向けてくる前に戦域を離脱するぞ」

ジャミル達はレオンの部隊を牽制《けんせい》しながら、順次撤退していった。

『白狼《はくろう》』が引き上げていくのを見たレオンは、ホッと胸を撫《な》で下ろす。

(敵に挟み撃ちされた時はどうなることかと思ったが、どうにか乗り切ることができたな)

『白狼』の撤退を見届けたレオンは、傍《そば》にいるセシルに話しかける。

「よし。ロランに伝えてくれ。『白狼』は撤退した。俺達は念のためもうしばらくここで敵の動きを警戒しておくと」

「分かった」

セシルは坂を下りて、ロランの下へと向かう。

レオンは振り向いて、『大同盟』戦線の方を見やる。

レオンのいる場所からも、ロランと『賢者の宝冠』の魔導師達との戦いはよく見えていた。

敵主力を撃破した『精霊同盟』は、掃討戦へと移行していた。

敵残存部隊の制圧を終えたロランは、捕虜となった『大同盟』の冒険者達を引き連れて、街へと戻った。

その後、目を覚ましたニール達と交渉の席につき、『大同盟』の解散と『賢者の宝冠』の島からの立ち退きを要求した。

ニール達は『精霊同盟』からの要求を全面的に受け入れた。

ここに『賢者の宝冠』の『火竜の島《ファアフニール》』遠征クエストは終わりを告げる。

『賢者の宝冠』とのゴタゴタを片付けたロランは、『精霊同盟』を率いて再びダンジョンへと向かった。一方、『精霊《せいれい》の工廠《こうしょう》』本部では、すでに次期ダンジョン探索を視野に入れた営業会議が行われようとしていた。

「全員集まってるか？」

ランジュが会議室の扉を開けながら言った。

「よし、集まってるな。会議を始めるぞ」

ランジュは主だったメンバーが全員集まっているのを見て、自分も席に着き、会議を始めた。

「『賢者の宝冠』の脅威が去ったとはいえ、『竜の熾火《おきび》』と『白狼』はいまだ健在だ。彼らに対して優位に立つためには、地元だけではなく外部ギルドからの受注も引き受ける必要がある。既に快速船からの報せ《しら》で、この時期にやってくる外部ギルドが今年もこの島にやってくることが分かっている。すなわち『黒壁の騎士』、『紅砂の奏者』、『城砦《じょうさい》の射手』の3ギルドだ。そこでこの3つのギルドを想定した営業戦略について、ロランさんがダンジョンから帰ってくるまでに俺達の方でまとめておくぞ。まずリゼッタ」

「はい」

「冒険者に錬金術を売り込むにはまず、相手のニーズを知る必要がある。君の去年の経験からこの3ギルドのことについて知っていることを教えてくれ」

「はい。まず『黒壁の騎士』についてですが……」

「『黒壁の騎士』は『黒土の街』を拠点にする冒険者ギルドです。特徴は強力な重装騎士部隊。錬金術ギルドへの注文も剣や鎧《よろい》の威力・耐久がほとんどです。『紅砂の奏者』は『砂漠の街』を拠点にする冒険者ギルド。吟遊詩人のユニットを中心にした部隊です。彼らの中には『竜音《りゆういん》』を扱う者もいるため、『白狼』の竜使いにも対応可能です。『城砦の射手』は『山城の街』を拠点にするギルドです。弓使い《アーチャー》ユニットが充実していて、山岳地帯での戦闘にも慣れているため、『火山のダンジョン』でも抜群の機動力を発揮し、去年も『白狼』の弓使い《アーチャー》部隊に対して互角に戦っていました」

リゼッタはそう報告した。

「ん。流石《さすが》は元カルテットなだけあるな。簡潔で分かりやすい説明だ。それじゃ問題点を洗い出していくぞ。それぞれ疑問に思っていることがあったらリゼッタに質問してくれ」

ランジュがそう言うと、1人ずつ質問していった。

「各ギルドの予算ってどのくらい？　私の『外装強化《コーティング》』を付けた装備を買えるギルドはあるのかしら？」

「僕の『竜音《りゆういん》』付き竪琴《ハープ》で『紅砂の奏者』の装備に競合できますか？」

「俺の『魔石切削《カッティング》』が役立つ場面はあるのか？」

「鉄や銀はどれくらいストックしておけばいいのでしょうか？　あらかじめ精錬計画に目《め》処《ど》が立つとありがたいのですが」

「『火槍《ジャベリン》』作ってみたいです！」

「えっとですね……」

リゼッタは質問に答えながら、『精霊《せいれい》の工廠《こうしょう》』の風通しの良さに驚いていた。

『竜の熾火』では、上意下達は絶対で、組織の下層に位置する者には発言権などないに等しかった。

しかし、『精霊《せいれい》の工廠《こうしょう》』では誰もが分け隔てなく意見や疑問を言い合っている。

にもかかわらず、議論が明後日《あさって》の方向に行くことはなく、きちんと本題にまつわることは決まっていく。

リゼッタが「外部への影響力では『竜の熾火』の方が上なので、いきなり外部冒険者に装備を売るのは難しい」と言うと、議題は自然と「いかにして『竜の熾火』と契約した外部ギルドを翻意させるか」に移った。

こうして会議では以下のことが決まった。

各ギルドへの販促においては、新規の契約を獲得できなくともせめてギルドの名前と顔を覚えてもらうこと。

こと。

『精霊《せいれい》の工廠《こうしょう》』には『竜の熾火』にも対抗できるユニークスキルがあるのを知ってもらうこと。

『精霊同盟』が外部ギルドに対してダンジョン内で優位を保てるよう引き続き支援すること。

また、外部3ギルドの鞍替《くらが》え需要にも即座に対応できるよう予算と鉱石の準備だけは抜かりなくしておくこと。

リゼッタは会議を通して、すっかりこの工房《アトリエ》に親しみを覚えてしまった。

ランジュ達はこの会議の内容をもとに販促用パンフレット案と予算案をまとめ、あとはロランの承認を待つだけとなった。

ランジュ達が次期の営業戦略についてまとめている頃、ロラン達は『不毛地帯』でAクラスモンスターを次々と倒していた。

『山のような巨鬼《マウンテン・オーガ》』『障壁を張る竜《バリア・ドラゴン》』、『分裂する巨大蜂《デイビジョン・ビー》』、『盾に隠れる竜《シールド・ドラゴン》』などなど。

エリオ、ハンス、ウィル、カルラはこれらのモンスターを倒して、来期にはAクラスの称号を得るのがほぼ確実となった。

ユフィネ、シャクマ、リック、レリオ、マリナについてもそれぞれAクラスモンスターを倒し、ダブルAの称号を受け取るのはほぼ間違いなかった。

Ａクラスモンスターを倒し鉱石も採取したロラン達は、下山を始めた。

『白狼』に襲われるかと思ったが、道中で戦闘らしき戦闘が起こることはなかった。

「仕掛けてこないな」

レオンがロランに耳打ちした。

「ああ、ジャミルは『ステータス鑑定』もできる盗賊《シーフ》だ。こちらに敵《かな》わないのは分かっているのだろう」

「だが、追っては来ているな」

レオンはチラリと背後に目をやった。

『白狼』がロラン達の動きを監視しているのは間違いなかった。

しかし、不気味なほど何も仕掛けてこない。

（戦闘は避けるが、プレッシャーは与え続けて楽はさせない。そんなところか）

「レオン。引き続き周囲への警戒を維持して。油断だけはしないように」

「わかった」

その後も何事もなく、ロラン達はダンジョンを進んでいった。

やがて街へと帰還する。

『精霊《せいれい》の工廠《こうしょう》』に帰還したロランは、ランジュ達のまとめた営業戦略に目を通した。

「なるほど。よくできてるね」

「みんなでまとめた自信作ですよ」

アイナが言った。

「1つ気になるところとしては、この鞍替えを狙う戦略。やはりいきなり装備を買ってもらうのは難しいのかい？」

「ええ。外部ギルドはまず『竜の熾火』で装備を購入すると思います。港に着いたばかりのところから、工房《アトリエ》に着くまでの間に翻意させるのは難しいかと」

「そうか。分かった。それじゃあ、この案通りにいこう。港や商店で配るビラの作成と『精霊同盟』向けクエストの作成、装備の材料調達頼んだよ」

「はい。任せてください！」


『黒壁の騎士』の副官アーチー・シェティは、『火竜の島《ファフニール》』へと向かう船の客室で休んでいた。3つのギルドを乗せた船の中では、すでにピリピリした空気が漂っていた。

それぞれのギルドは互いに互いを牽制し合って、それぞれに自分達《たち》専用の区画を作り縄張り争いをしていた。おかげで船内で働くボーイ達は大変だった。

廊下から廊下に通り抜けるだけでピリピリした空気に晒《さら》されるし、それぞれに気を配りながら働かなければ、なんの理由もなくどやされてしまう。

休憩室の扉が開いたかと思うと、女騎士のリズ・レーウィルが部屋に入ってきた。

「はあ。まったく、どいつもこいつも手がかかるんだから」

「何かあったのか？」

「喧嘩《けんか》よ喧嘩。ウチの血気盛んな奴《やつ》らと『城砦の射手』の奴らが廊下で鉢合わせたの。一触即発の雰囲気のところで、慌てて私が割って入ったってわけ」

アーチーはクスリと笑った。

彼は『火竜の島《ファフニール》』遠征に参加するのは初めてだったので、このギルド同士でギスギスする雰囲気を面白おかしく楽しんでいた。

「何笑ってんのよ」

「いや。君も大変だなと思ってね」

リズは顔をしかめる。

「なに他人事《ひとごと》みたいに言ってんのよ。あんたもこの隊の副官なんだけど。分かってんでしょうね？」

「ああ、分かってるって。ただ、みんなが肩肘張ってるのを見ると、どうしても可笑《おか》しくてね。そんなにも大変な場所なのかい？　『火竜の島《ファフニール》』ってところは」

「そうよ。ただでさえ『火竜《ファフニール》』が厄介だって言うのに、こうして外部ギルド同士で駆け引きしなきゃいけないし、それに地元ギルドの奴らも一筋縄じゃいかないのよ」

「例の盗賊《シーフ》ギルドってやつか。『白狼《はくろう》』だっけ?」

「そう。あいつらが火山の起伏に富んだ地形での戦いに慣れていてね。上手《うま》いこと攻撃しては逃げて、攻撃しては逃げてを繰り返してくんのよ」

「アーチー、リズ、2人とも。いるか?」

鎧を纏《まと》った白髭《しらひげ》の男性が部屋に入ってきた。

この部隊の隊長サイモン・プリコットだ。

壮年の経験豊かな冒険者で、アーチーもリズも彼に対してひとかたならぬ信頼を寄せている。

「よし。2人ともいるな。もうすぐ船が港に着く。下船すれば、すぐに競争だ。『紅砂の奏者』や『城砦の射手』よりも早く『竜の熾火』と契約を結ぶぞ。それに備えて、準備は抜かりなくしておけよ」

「隊長。やっぱり『竜の熾火』を頼るんですか?」

リズが少し不満そうに言った。

「なんだリズ。お前『竜の熾火』に装備を預けたくないのか?」

サイモンは意外そうに言った。

「彼らは島一番どころか、世界でも有数の錬金術ギルドだ。腕も確かだし、一体何を躊躇《ためら》う理由がある?」

「うーん。まあ、そうなんですけど……」

「何か代案でもあるのか？」

「いえ、ないですけど……」

リズは歯切れ悪く言った。

サイモンは呆《あき》れてしまう。

「代案もないのに不平を垂れるのかお前は？　分かっておるだろう？　この島では彼らとの関係が生命線だ。他の2つのギルドに取られる前に『竜の熾火《おきび》』の倉庫と錬金術師を確保しておく。それが『紅砂の奏者』と『城砦《じょうさい》の射手』とのダンジョン内競争に勝つ第一歩だ。違うか？」

「ええ。まあ、そうですけど……」

「だったら、早く準備をするんだ。ワシは島に着いてすぐ演説しなければならん。お前達はそれぞれ宿の確保と錬金術師の確保。抜かりなくやっておけよ」

「「はい」」

サイモンは部屋を出て行く。

リズはため息をつくと肩をすくめた。

「どうした？　いつになく粘ってたな」

アーチーが不思議そうに尋ねた。

「いや、『竜の熾火』に頼るのもどうかと思ってさ」

「どういうことだ？」

「はっきり言うとね。私はあんまりあいつら好きじゃないの。職員は横柄だし、ギルド長のジジイはなんというか信用できないのよね」

「ふうん？」

「それに毎年、外部ギルド同士で争うのもあいつらに原因があるのよ。肝心な時に助けてくれず、こっちを困らせるようなことしてくるの」

「とはいえ、そこに頼るしかないんだろ？」

そうこうしているうちに廊下がバタバタとしてきた。

港が近づいてきたようだ。『紅砂の奏者』と『城砦の射手』が下船の準備を慌ただしく始めていることが扉越しにも伝わってくる。

「ちっ。始まったわね」

「やっぱり競争は避けられないか」

「いつも思うわ。3つのギルドが力を合わせれば、もっとダンジョン探索も上手くいくのにって」

抜かりなく下船の準備をしていた『黒壁の騎士』だったが、『紅砂の奏者』と『城砦の射手』に後《おく》れを取ってしまった。重厚な鎧《よろい》を着込む彼らは、荷下ろしの点でどうしてもほか2つのギルドよりも時間がかかってしまい、後れを取ってしまうのだ。

「ああもう。あいつらほんと抜け目ないんだから」

「すっかり出遅れてしまったな」

「仕方がない。ここは演説と交渉の内容でどうにか……」

サイモンはすっかり慌てながら言った。

アーチーはリズがキョロキョロと辺りを気にしていることに気づいた。

「リズ、どうした？」

「なんか。去年と島の雰囲気が違うような？」

「雰囲気？」

「ええ。去年はもっと冒険者御一行様大歓迎っていう感じで、住民総出の勢いで出迎えてきたのに。なんか、今年は妙に静かというか」

「あのっ。『黒壁の騎士』様ですよね？」

突然、若い娘に話しかけられて、アーチーとリズはドキッとした。

「あ、はい」

「あなたは？」

アーチーはいきなり話しかけてきた彼女の素性を探ろうと、彼女の身なりに目を走らせる。見たところ、どうも錬金術師のようだが……。

「私、『精霊《せいれい》の工廠《こうしょう》』の錬金術師アイナ・バークと申します。よければこのパンフレットをどうぞ」

歪んだ方針

アーチーとリズはアイナの差し出してきた『精霊《せいれい》の工廠《こうしょう》』のパンフレットに目を通す。

「えっ？　待って、何これ。めっちゃいいじゃない」

リズがパンフレットに載っている装備のステータスを見て驚嘆した。

「確かにこれが本当なら、Ｂクラス装備の要件は十分満たしている。いや、むしろＡクラスでも……」

アーチーも興味深そうにパンフレットを見た。

「リズ。『竜の熾火』の装備と比べてどうだい？」

「『竜の熾火』よりも断然いいわよ。ねえ。これ本当に作れるの？」

「ええ。私の作った装備でＡクラスになった冒険者の方もいらっしゃいますよ」

「Ａクラスに!?」

「それは凄《すご》いな」

アイナは思った以上の好感触に、これはいけるかもしれないと思った。

（顔と名前を覚えてもらうだけの予定だったけれど、これならすぐ成約までいけるかも）

「どうでしょう？　もしよければ工房《アトリエ》まで来られて、実際に製品を手に取って確かめてみられては……」

「騙《だま》されてはいけません！」

突然、男が割って入ってきた。『竜の熾火』の営業だ。

「彼らはまだ最近できたばかりの新興ギルドですよ。実績に乏しいギルドです。そのパンフレットに載っている装備もステータスを盛って記載しているに違いありません」

「なっ。そんなことありませんよ。いい加減なこと言わないでください。私達《たち》はちゃんとAクラス冒険者の装備も担当したことがありますから」

「そのAクラス冒険者にしても『魔法樹の守人』の力を借りたに過ぎませんよ」

「『魔法樹の守人』？」

「そうです。彼らは外部ギルド『魔法樹の守人』を上手いこと言いくるめて、実績を作ったに過ぎません。Aクラス冒険者を輩出したというのも彼らの実力ではなく、『魔法樹の守人』の実力です。彼らと契約しようものなら、誇大広告の製品を押し付けられた上、宣伝に利用されること間違いなしですよ」

「なっ。そんなことないわよ。私達はちゃんと地元冒険者もAクラスに育ててますから」

「地元冒険者？」

それまで黙って聞いていたサイモンが胡散臭《うさんくさ》げに眉を顰《ひそ》めた。

「アーチー、リズ、行くぞ」

「えっ？　あ、ちょっと」

「すまんねお嬢さん。我々はまず『竜の熾火』に行くと決めているんだ。失礼させてもらうよ」

『黒壁の騎士』の面々はそそくさとその場を後にする。

「一体どうしたんだうちの隊長は？」

　アーチーが小声でリズに聞いた。

「地元冒険者ってワードが癇《かん》に障ったのよ。隊長は去年地元冒険者に足を引っ張られたのにいたく憤慨なさっていたから。まだ根に持っているんだと思う」

『黒壁の騎士』を取り逃がしたアイナは、同じく『城砦の射手』を取り逃がしたディランと広場で落ち合った。

「アイナ。どうだった？　『黒壁の騎士』は？」

「ダメでした」

「そうか。錬金術師本人が営業すれば、あるいはと思ったが……」

「途中までは結構好感触だったんですよ」

「そうなのか？」

「はい。地元冒険者のことを話題に出した途端、急に隊長の方が態度を硬化させて」

「地元冒険者。そうか、それが原因かもしれないな」

「どういうことですか？」

「外部冒険者の中には地元冒険者に対して、好感を持っていない人が多いんだ」

「えー!?　どうしてですか？」

「ダンジョン内では地元冒険者が外部冒険者の足を引っ張る場面が多いんだ。だから何度もこの島に来ている冒険者であればあるほど、地元冒険者のせいで不愉快な思いをしていることが多い」

「はー。なるほど。そうだったんですね」

アイナは自分が不用意なことを言ってしまったのに気づいて、がっくりうなだれた。

「なに。そう肩を落とすな。まだ彼らに営業をかけるチャンスはいくらでもある」

「そうですね。引き続き地道な営業を続けていきましょう」

『紅砂の奏者』の隊長レイは、広場で演説しながら住民の反応に戸惑っていた。

いつもなら地元冒険者に仕事を割り振るだけで、会場は盛り上がり、質問が相次ぐのに、どれだけ地元ギルドとの同盟を仄《ほの》めかしても、会場は冷め切ったままだった。

逆に地元ギルドからは『精霊同盟』に関する質問が相次いだ。

「『精霊同盟』に加入する予定はありますか？」

「なぜ『精霊同盟』に加入しないのですか？」

「『精霊同盟』のスキルと装備にどうやって対抗するつもりですか？」

レイは『火竜の島《ファフニール》』に起こった変化にすっかり戸惑ってしまった。

（ていうか『精霊同盟』ってなんだよ。知らねーよそんなもん）


会場の脇では、ウェインとパトが『紅砂の奏者』の吟遊詩人相手に営業をかけていた。

「ほう。これは素晴らしい竪琴《ハープ》だ」

吟遊詩人は少し鳴らしてみただけで、その竪琴《ハープ》の見事な『竜音《りゆういん》』に惚《ほ》れ惚《ぼ》れした。

「これならウチとしてもぜひ作ってほしいな」

「本当ですか？」

ウェインとパトは顔を見合わせた。これならいけるかもしれない。

しかし、商談を進めるにつれて、吟遊詩人の歯切れが悪くなってくる。

「『竜の熾火《おきび》』と契約するには特約条項に同意しなければならなくてね」

吟遊詩人の男は申し訳なさそうに言った。

「その特約条項ってのは、つまり『竜の熾火』と契約する以上他のギルドとは契約しないこと。だから残念だけど、この島にいる以上、君達とは契約できないんだ」

結局、『紅砂の奏者』の冒険者達は演説が終わるとともに『竜の熾火』へと向かってしまう。

「ちっ。ダメだったか」

「惜しいところまでは行くけど、なかなか成約には至らないね」

（やっぱりどれだけいいモノを作ったとしても、営業力がないと顧客はつかないってことか）

「まあ、とりあえず俺達の技術力は分かってもらえたし、最低限の目的は達成しただろ。あとは『精霊同盟』の奴《やつ》らを支援して、あいつらに頑張ってもらおうぜ」

「うん。そうだね」

『精霊《せいれい》の工廠《こうしょう》』の錬金術師達が営業活動に勤《いそ》しむ頃、『竜の燐火』でも営業会議が開かれていた。かつて、リゼッタがいた椅子には新たにカルテットに加えられた青年テッドが座っていた。ラウルはテッドの顔を見て、何とも言えない面持ちになった。

（確かにテッドは優秀な錬金術師だが、リゼッタに比べれば『銀細工』の腕は劣る。大丈夫なのかよ。数合わせでとりあえず任命すりゃいいってもんじゃねーぞ）

「よし。それじゃ会議を始めるぞ。今期のテーマはいかにして『精霊《せいれい》の工廠《こうしょう》』に営業面で勝つかだ。何か案のある者はいるか？」

「はい」

新人のテッドが早速意見を述べようとする。

（カルテットとしての初仕事。ここできっちりアピールしなくては）

幸い、彼には先ほどエドガーからもらった案があった。

（エドガーさんもこれでいけるって言ってくれたからいけるはず）

「申し上げます。3ギルドと契約するにあたって、同盟を組ませるというのはいかがでしょうか。3ギルドと『白狼《はくろう》』の力を合わせることで『精霊同盟』に対抗し、ダンジョンにおける我々の優位を取り戻すのです」

メデスの眉が不快げにピクッと動いた。それに気づかずテッドは続ける。

「すでに『白狼』からは積極的に協力してもよいという約束を取り付けており……」

「バカヤロウ。テッド、お前何年このギルドで働いてんだ！」

エドガーが突然怒鳴り出した。

「えっ？」

「ウチは外部ギルドに錬金術師と倉庫の枠を取り合いさせることで価格を釣り上げてんだぞ。それに3ギルドと『白狼』で潰し合わせて、装備を消耗させなきゃ整備する回数が減って、利益が減っちまうだろうが」

「えっ？　でも、『賢者の宝冠』の時は、『白狼』と同盟を組ませて……」

「あの時は『賢者の宝冠』が弱り切ってもうあれ以上金を絞り取れねーと分かってたから

支援してやったんだよ。大体3ギルドに同盟なんて組ませてみろ。あいつらが手を組んでうちに値引き交渉してきたらどうすんだよ」

「うむ。エドガーの言う通りだな」

メデスが重々しく頷《うなず》いた。

「テッド。お前はまだカルテットとして勉強が足りんようだな。もっと精進しなければカルテットとしての地位は安泰ではないぞ」

「う。はい」

テッドはメデスからの評価が下がったのが分かってうなだれた。

しかし、それほど自分はおかしなことを言っているだろうか？

(今はとにかく『精霊同盟』の力を削るのが先決なんじゃ……。ていうかこの案で行けって言ったのはエドガーさんじゃないっすか。酷《ひど》いっすよ裏切るなんて)

テッドがエドガーの方に目をやるものの、エドガーは知らんぷりした。

(ふー。あぶねー、あぶねー。やっぱりギルド長は3ギルドの同盟には反対か。テッドに言わせておいてよかったぜ)

結局、会議では3ギルドに競い合わせる形で料金を吊《つ》り上げ、なるべく3ギルドを対立させる方針を取ることが決定された。後日、テッドは降格を言い渡された。

静かな波紋

『城砦《じょうさい》の射手』の隊長ロベルトは、『竜の熾火』へと進む道中で『精霊《せいれい》の工廠《こうしょう》』のパンフレットを見ながら考えごとをしていた。

「どうしたロベルト？　そんなパンフレット熱心に見て。何か面白いことでも書いてあるのか？」

副官のジェレミーが聞いた。

「……」

「おい。まさかその『精霊《せいれい》の工廠《こうしょう》』とやらと契約を結ぶつもりじゃないだろうな？」

「まさか。ただ、このパンフレット。結構使えるかもよ」

ロベルトは不敵な笑みを浮かべる。

「なに？　どういうことだ？」

「『竜の熾火』との交渉材料に使うのさ」

「交渉材料？　このパンフレットをか？」

「そう。だいたい俺は以前から気に入らなかったんだよね。錬金術ギルドにダンジョン探索の主導権を握られるの」

ロベルトはパンフレットをパシパシ叩《たた》きながら言った。

「毎回、頼んでもいないのに、やれこの武器を買えだ、鉱石が値上がりしただ、向こうの都合に振り回されてばかりだ。たまったもんじゃない」

「……」

「これだけのステータスの装備、『竜の熾火』でも作れやしない。奴らにこれを突き付けて、『精霊《せいれい》の工廠《こうしょう》』で装備を拵《こしら》えた方が安上がりで済む。そう言えばどうなる？」

「さしもの『竜の熾火』も値下げせざるを得ないというわけか」

「そういうこと」

「しかし、このパンフレットに記載されているステータス、本当なのか？　あまりにも胡《う》散臭《さんくさ》いぞ」

「俺もこれを信じてるわけじゃない。だいたいこういうのは盛って記載されていると相場が決まってる。だが、世界有数の錬金術ギルドとして名高い『竜の熾火』がこんな詐欺ギルドに客を取られたとあってはどうだ？　島一番の錬金術ギルドの名折れだろう？」

「なるほど。騙《だま》されたフリをするのか」

「そういうこと。フリだけならタダでできるんだし。やる価値はあるんじゃない？」

「よし。いっちょやってみるか」

ロベルトとジェレミーは、『竜の熾火』の営業担当の前で彼らの出してきた予算に仰々しく驚いてみせた上、「『精霊《せいれい》の工廠《こうしょう》』の方が安いな」「たまには別のギルドで契約してみるか」とわざとらしく会話してみせた。

2人の狙い通り、『竜の熾火』の担当者は慌てて値下げを切り出すのであった。

「バカもん！　何をしとるか！」

メデスは営業担当の持ってきた契約書に激怒した。

「なに冒険者ギルドの口車に乗せられて、ホイホイ値下げしとるんじゃお前らは」

「し、しかし、彼らは値下げしなければ『精霊《せいれい》の工廠《こうしょう》』と契約すると言っていて……」

「どうせカマをかけてきたに決まってるだろうが！」

「しかし、すでにこの条件で契約を結んでしまい……」

「結び直して来い」

「えっ？」

「契約を結び直して来いと言っているんだ。ほら、さっさと行かんかいっ」

営業担当者は慌てて『城砦の射手』の宿舎へと向かった。

ロベルトはブツクサ言いながらも契約の結び直しに応じる。

「一度結んだ契約を白紙にするなんて。お宅もアコギな真似《まね》をしますね」

こうして『城砦の射手』、『紅砂の奏者』、『黒壁の騎士』の3ギルドは、結局『竜の熾火』と契約を結ぶものの、『精霊《せいれい》の工廠《こうしょう》』の出現は『竜の熾火』と外部ギルドとの間に微《かす》かな波紋を呼び起こすのであった。冒険者達《たち》は宿舎にて月が新しくなるのを待つ。

そうこうしているうちに、『魔法樹の守人』とランジュ達の帰る時期となる。

『魔法樹の守人』のメンバーと『精霊《せいれい》の工廠《こうしょう》』本部のメンバーは港で船に乗り込む準備をしていた。

『精霊《せいれい》の工廠《こうしょう》』支部のメンバーも、『精霊同盟』の中核メンバーも、彼らの出港を見送った。

アイナとランジュは互いに惜別の言葉を述べていた。

「アイナ。短い間だったが、俺の教えられることは全部教えることができた。君なら新工房《アトリエ》も切り盛りしてロランさんの力になれるはずだ」

「ランジュさん。本当にありがとうございました。教わったことは決して忘れません。きっといつか私達も『冒険者の街』を訪れます」

ロランはユフィネ達に書簡を渡していた。

「これはリリィに。こっちはモニカ。それでこれがジル宛だ」

「いよいよジルさんがこの島に来るんですね」

「ああ。『精霊同盟』が成長したことで、下準備は全て整ったと言っていいだろう。あとはジルがやって来るのを待つだけだ。この手紙を届けるよう頼んだよ」

「はい。必ず届けてみせます」

やがて一行を乗せた船は港を出発した。

遠ざかっていく船と港には、互いに手を振り合う人々の姿がいつまでも見られた。

やがて船は地平線の彼方《かなた》へと姿を消した。

(行っちゃった)

アイナは寂しげに海の彼方を眺める。

「さあ、みんないつまでも別れを惜しんでいる暇はないよ。僕達は来期のダンジョン探索に備えなきゃ」

ロランがそう言うと、人々は海から目を離して、再び火山の方へと目を向けるのであった。

「アイナ。新たに訪れた3ギルドへの営業はどうなってる?」

「それが……いずれのギルドも『竜の熾火《おきび》』と契約を結ぶつもりのようです」

「そうか。ならば彼らには我々の装備の威力を見せつけるまでだ」


次の月になった。

『竜の熾火』で万全に整備と調達を済ませた『黒壁の騎士』、『紅砂の奏者』、『城砦の射手』はダンジョンの入り口広場に集結していた。

そしていつも通り、地元冒険者達がコバンザメのように外部冒険者達に付き従って……いなかった。

「ゼロ!? 1人も我々のギルドに参加しなかったというのか?」

サイモンが驚きの声を上げる。

「ええ。そうなんです」

リズも困り果てたように言った。

「では、地元の奴《やつ》らは皆、『城砦の射手』と『紅砂の奏者』に取られたというのか?」

「それが……どうも彼らは『精霊同盟』に参加するみたいでして」

「『精霊同盟』……、というとあの例の錬金術ギルドが盟主の?」

サイモンは当惑しながら言った。

「はい。どうも直近の『魔法樹の守人』と共同で行ったダンジョン探索が上手《うま》くいったため、強気になっているようです」

「しかし、『魔法樹の守人』はもう帰ったんだろう?」

「ええ。確かに彼らは港から船に乗って帰るのが確認されています」

「なのにまだその『精霊同盟』にかけるというのか?」

「はい」

サイモンは深いため息をついた。

(やれやれ。この島の連中ときたら、またこれか。外部ギルドの力を借りただけで少し上手くいけば調子に乗る)

「やむを得ん。1度目の探索は地元の協力なしでいくぞ」

地元冒険者の手を借りなければ、調達できる鉱石の数は限られてくる。

サイモンは1度目の探索で地元冒険者の心を摑《つか》み、2度目3度目の探索にかけることにした。


「ジャンケンポン！　あいこでしょっ。しょっ。しょっ。よし勝った」

「かぁーっ。やられたか」

「この負けは痛いなぁ」

3ギルドの代表者達は、ジャンケンでダンジョンに入る順番を決めていた。

サイモンは見事ジャンケンに勝利し、最初にダンジョンに入る権利を獲得した。

(よし。一番初めにダンジョンに入る権利を手に入れたぞ。このダンジョンでは先行した方が圧倒的に有利だからな。他2つのギルドと盗賊《シーフ》から逃げ切って、鉱石を持ち帰り、『竜の熾火』及び地元ギルドの信望を一気に勝ち取るぞ)

こうして3ギルドは外部同士だけでダンジョンに入る順番を決め、それぞれ作戦を立てていった。

彼らの頭の中に『精霊同盟』の存在などカケラもない。

やがて準備を終えた3ギルドは、順番にダンジョンの中へと入っていく。

3ギルドの中で一番最後にダンジョンへと入った『紅砂の奏者』は、先行する2ギルドに追い付かんと先を急いでいた。

彼らはいつになく快調にダンジョンを進んでいた。

迫り来る鬼族や狼《おおかみ》族をものともせず、瞬く間に『裾野の森』を抜け、『メタル・ライン』までたどり着く。

「もう『メタル・ライン』に到達か。今回はかなり順調に進めてるな」

「地元ギルドの奴ら《足手まとい》がいないからな。探索が捗《はかど》るぜ」

「とはいえ、それは先行する『黒壁の騎士』と『城砦の射手』も同じだ。明日はもっとペースを速めないとな」

「なに。『メタル・ライン』に入れば『火竜《ファフニール》』も出て来る。そうなれば『竜音《りゅういん》』の使える我々の方が……。ん？　なんだ？」

軽口を叩いていた『紅砂の奏者』の隊員は、後ろから大勢の足音が響いてきたのを聞いて、背後を振り返った。

見慣れぬ装備を身に着けた一隊が迫ってくる。

その装備には、もれなく金槌《かなづち》を持つ精霊の紋章が刻まれていた。

『精霊同盟』の先頭だった。

「なんだ？　あいつらもうここまで来たのか？」

「地元ギルドにしてはやけに迅速だな」

「いや、それよりも……あいつら攻撃してこようとしてるぞ」

『精霊同盟』の先頭を担う弓使い《アーチャー》は、すでに足を止めて弓に矢を番《つが》えていた。

「上等だ。向こうがその気ならこっちもやってやるぜ」

『紅砂の奏者』もすぐさま応戦する構えを見せた。

『紅砂の奏者』最大の強みは、『竜音《りゅういん》』の使える吟遊詩人部隊だが、それを支援する弓使い《アーチャー》部隊もなかなかの強者揃《つわものぞろ》いだった。

砂漠を旅する冒険者達に襲いかかる、獰猛《どうもう》な怪鳥族モンスターを何匹も仕留めてきた凄《すご》腕《うで》の弓使い《アーチャー》達である。

彼らはすぐに散開し、まばらに生える木や岩の陰に隠れ、応戦し始める。

ところが、『紅砂の奏者』の弓使い《アーチャー》達は一方的にやられるばかりだった。

『精霊同盟』から飛んでくる矢は、百発百中で当たるのに、『紅砂の奏者』の放つ矢は1

つも当たらない。

みるみるうちに『紅砂の奏者』の射撃部隊は討ち取られ、戦闘不能になってゆく。

白兵戦部隊も近接戦闘を挑まんとして接近するが、俊敏《アジリティ》の高い『精霊同盟』の弓使い達《アーチャー》にあっさりといなされる。

やがて彼らは『精霊同盟』が万全の態勢で陣地を敷き待ち構えている場所まで誘い込まれた。

『精霊同盟』の白兵戦部隊は、てんでばらばらに突っ込んでくる『紅砂の奏者』に対して一糸乱れぬ突撃を繰り出して、瞬く間に撃破する。

「はっ？　えっ？　強っ」

『紅砂の奏者』はその自慢の吟遊詩人部隊を活《い》かす間もなく壊滅的なダメージを受け、『精霊同盟』に降伏した。

鎧袖一触《がいしゅういっしょく》で『紅砂の奏者』を下した『精霊同盟』は、その後もペースを落とすことなく山を駆け上がっていった。
やがて『城砦《じょうさい》の射手』を捕捉し、戦いを仕掛ける。
山岳部の戦いに慣れている『城砦の射手』は、動じることなく高所の有利なポジション
を取って応戦する構えを見せた。
すぐに戦いを始めるのは不利と判断したロラン達は、彼らの陣地をパスして先へと進み、
高地にたどり着いたところで野営した（『城砦の射手』の指揮官ロベルトと副官ジェレ
ミーは、自分達より低い位置を通り過ぎる『精霊同盟』を攻撃するかどうか迷ったが、こ
こは見逃すことにした）。
翌日、両軍は再び相見《あいまみ》え、射撃戦が始まった。
『城砦の射手』が弓使い《アーチャー》の一隊を展開してくる中、ハンスは少し遠めの場所から敵を狙っ
ていた。
以前までなら射程外で決して届かなかった距離、しかし今ならいくらでも届く距離。

ハンスの放った矢が敵の弓使い《アーチャー》の1人に当たると、敵の間でざわめきが起こった。

さらにもう1人に当てるとざわめきは動揺に変わる。

まぐれ当たりだ。

こんな距離から矢を放って当たるはずがない。

『城砦の射手』の誰もがそう思った。

しかしその一方で、もしかしたら『精霊同盟』にはとんでもなく射程の長い弓使い《アーチャー》がいるのかもしれない。

そのような2つの感情の狭間《はざま》で揺れ動いているのは、彼らの進むか隠れるか迷っている足取りから明らかだった。

ハンスが3人目の弓使い《アーチャー》を倒した時、『城砦の射手』はパニックに陥った。

彼らはハンスのいる場所までまだ射程外にもかかわらず、闇雲に矢を射《う》ちまくった。

『城砦の射手』の矢は、全て届くことなく直前でハンスの足元に落ちた。

(当たる気がしない。それに……外す気もしない！)

ハンスはこの日4本目の矢を放った。

矢はまっすぐ敵の弓使い《アーチャー》に直撃する。

アリスとクレアはハンスの射撃を見て目を丸くした。

(凄《すご》い。こんな遠いところから百発百中で当てるなんて。これがAクラス弓使い《アーチャー》……)

「アリス、クレア」

「は、はい」

「矢を渡してくれ。おそらく僕が射るのが一番確率が高く、矢の節約にもなる」

「わ、分かったわ」

「クレアは『遠視』で敵の後衛の動きを警戒。アリスは『憎悪集中』で近づいてきた敵の攪乱《かくらん》を頼む」

クレアは、ハンスの勇姿を見て、目を潤ませる。

（ハンス。以前はプラプラしてばっかりいたのに、こんなに頼もしくなって。お姉ちゃん嬉《うれ》しい）


『城砦の射手』の副官ジェレミーは、必死で弓使い《アーチャー》の部隊を前に進めようとしていた。

「何をしている。あいつ1人にやられっぱなしじゃないか。もっと近付いて射《う》て。このまじゃ当たるものも当たらないだろ」

しかし、ジェレミー達《たち》はハンスを射程圏内に収めることすら一向にできない。

（バカな。『城砦の射手』最強の弓使い《アーチャー》部隊が手も足も出ないなんて。それもこの島の地元冒険者相手に……。何かの間違いだ。こんな……）

ジェレミーは敵からの殺気を感じてハッとする。

こちらを狙っている。

応戦するべく弓矢を構えた。

「何をしているんだ、ジェレミー。さっさと敵の弓使い《アーチャー》を片付けないか」

見兼ねた隊長のロベルトが発破をかけにきた（彼は白兵戦部隊を率いて突撃のタイミングを図っていた）。

しかし、すぐに飛んできた矢に射られる。

「ぐ、あ……」

「ロベルト。くっ、このっ」

ジェレミーは矢を撃ち返すが、ハンスのいる場所からは大きく外れてしまう。

ハンスは悠々と下がっていく。

ジェレミーは愕然《がくぜん》とした。

（あいつ、今、俺に狙いを定めていたはず。それを直前でロベルトに変えた？　お前を今、狙ってたのは俺なんだぞ。なのに……）

それはすなわちハンスがジェレミーを完全に格下だとみなしている何よりの証拠だった。

ハンスの一連の行動選択は、絶望的なまでの実力差を悟らせ、ジェレミーの戦意を喪失させるのに十分だった。

その後、両ギルドの白兵戦部隊が組み合って、陣形戦へと移行したが、ウィルの『爆風魔法』ですぐに制圧された。

『城砦の射手』も『精霊同盟』の前に膝を屈したのだ。

そのことは先行する『黒壁の騎士』にもすぐに伝わった。


「なに？　『城砦の射手』が『精霊同盟』にやられただと？」

サイモンは背後の警戒に当たっていたリズからの報告に耳を疑った。

「何かの間違いじゃないのか？　『城砦の射手』は強力な弓使い《アーチャー》部隊を擁するギルド。『火山のダンジョン』での戦闘経験も豊富だ。あの軟弱な地元冒険者共にやられるはずなど……」

「本当に『精霊同盟』にやられたんです。どの斥候からの報告も同じです。精霊の紋章をあしらった装備を持つ一隊に、『城砦の射手』が降伏しているって」

「いや、そんなはずは……。例えば地元ギルドの奴《やつ》らが『紅砂の奏者』と組んでいるとか……」

「『精霊同盟』単独での行動ですってば。何度も確かめたから間違いありません」

リズは声に隠しきれない苛《いら》立《だ》ちを滲《にじ》ませながら言った。

何か自分達の理解の及ばない出来事が起こっている。

早く対処しなければ取り返しのつかないことが起きる。

彼女の勘がそう告げていた。

（『精霊《せいれい》の工廠《こうしょう》』……。『魔法樹の守人』……。この2つのギルド、どこかで……）

「そうだ、思い出した。伝説の鑑定士！」

それまで黙っていたアーチーが突然叫んだ。

「なんだ？　どうしたアーチー」

「思い出しました。『精霊《せいれい》の工廠《こうしょう》』と『魔法樹の守人』。この2つのギルド、どこかで聞いたことがあると思ったら、『冒険者の街』で急激に成長したギルドです」

「それが一体どうしたというのだ？」

「お2人とも一度は耳に挟んだことがあるはずです。『冒険者の街』に現れた伝説の鑑定士の噂《うわさ》を。『冒険者の街』は少し前までAクラス不毛地帯と言われていました。しかし、ある時を境に突然、Aクラス冒険者やAクラス錬金術師がわんさか現れ始めたのです。ルキウス、アリク、セバスタ、ドーウィン、ジル、リリアンヌ。こうして『冒険者の街』は世界でも有数のAクラス激戦区となったわけですが、このAクラス乱立の影には凄腕の鑑定士がいるらしい。そうまことしやかに噂されていました」

「確かにそんな噂を小耳に挟んだことはあるが……」

「まさかその伝説の鑑定士が今、『精霊同盟』に味方しているっていうの？」

「はい。そう考えれば、全てが腑《ふ》に落ちます。『紅砂の奏者』と『城砦の射手』がやられたことも、この短期間に地元冒険者が急成長したことも……」

アーチーが話している間にも危機は着々と近付きつつあった。

すでに『精霊同盟』はその姿の一部を『黒壁の騎士』に晒《さら》していた。

下方の細い山道に、『精霊《せいれい》の工廠《こうしょう》』の武器を装備した一隊が行軍する様子が見える。

「港に降りてすぐ出会った錬金術師は言っていました。自分達は地元冒険者をAクラスまで育てたと。おそらくあの部隊の中にも、伝説の鑑定士が育てたAクラス冒険者が数名在籍していると思われます」

「なんと……。この島の冒険者をAクラスに……」

「えっ？　その人に鑑定してもらうとAクラスになれるってこと？　うそ。それなら私も鑑定してほしいかも」

リズが言った。

「バカもん。そんなこと言っている場合か。奴らは『紅砂の奏者』と『城砦の射手』を打ち破ったのだぞ。当然、我々にも攻撃してくる可能性が高い。一刻も早く対策を立てねばならん。一体どうすれば……」

「使者を立ててみるというのはどうでしょう？」

アーチーが提案した。

「彼らとて冒険者。話の分からない相手ではないはず。なぜ彼らが外部冒険者を攻撃しているのか聞き出すことができれば、戦わずにすむ道が見つかるやもしれません」

「よし。急いで使者を立てるぞ。リズ、アーチー。お前達、使者をやってくれるか？」

「分かりました」

「早速行ってきます」

リズとアーチーはすぐに最低限の人数だけ連れて、山を駆け下りていった。

その間、サイモンは交渉が決裂した時に備えて、戦闘準備を整えておく。

やがてリズとアーチーが帰ってきて、『精霊同盟』との交渉結果を伝えてきた。

「隊長、『精霊同盟』の意図するところが分かりました」

「おお、そうか。それで？　彼らはなぜ我々に攻撃を仕掛けてくるのだ？」

「彼らが我々に攻撃を仕掛けてくるのは、我々が『竜の熾火《おきび》』と契約を結んでいるためです」

「彼らの要求はただ1つ。我々が『竜の熾火』との契約を解消することです」

「なに？　『竜の熾火』と契約解消？　それは無理だ。我々はすでに『竜の熾火』に対して3回分の整備料金を納めている。今からキャンセルするとなれば、莫大《ばくだい》な違約金を請求されてしまう。どうにか他の条件で見逃してもらうように言ってこい」

サイモンは再び2人を送り出した。

2人には、以下のように可能な限りの譲歩案を持たせておいた。

『精霊同盟』と進路が被《かぶ》った時は、決して妨害せず道を譲ること。

その都度、アイテムや装備の面で必要な補給に協力すること。

なんなら『精霊同盟』のダンジョン攻略を後方支援してもよい。

サイモンは祈るような想《おも》いで、2人が帰ってくるのを待った。

その間にも『精霊同盟』は、着々と攻撃態勢を整える。

サイモン達のいる小高い丘は徐々にではあるが確実に包囲され、サイモンの目にも敵の弓使い《アーチャー》が構える鋭い矢尻のきらめく様が肉眼で確認できた。

恐怖に駆られて、どちらかの兵士が暴発し、いつ戦闘が始まってもおかしくはない。

サイモンはハラハラしながら、リズとアーチーが帰ってくるのを待った。

やがて2人が帰ってくる。

「ダメです。やはり先方は我々が『竜の熾火』との契約を解消する以外和解するつもりはないと言っています」

「今後も『竜の熾火』と契約を続けるなら、彼らの敵である『白狼《はくろう》』に鉱石を供給するものとみなし、ダンジョンで遭遇次第即刻攻撃する、と申しております」

「う、ぬ。むむ」

サイモンは眉間に皺《しわ》を寄せて苦悩した。

「隊長。もうキャンセルしちゃいましょうよ。『竜の熾火』との契約」

リズが進言した。

「このまま『竜の熾火』と契約していても、『精霊同盟』に攻撃されるリスクが高まるだけです」

「同感です。地元ギルドの協力を得るためにも、『精霊同盟』との関係を良好にしておく方が得策かと」

アーチーもリズに同調して言った。

サイモンはなおも悩んだが、『精霊同盟』が弓使い《アーチャー》と盾使いの配置を終え、いよいよ攻撃準備が整ったところで観念した。

「分かった。彼らの要求に従おう。『竜の熾火』との契約はキャンセルだ」

こうして『黒壁の騎士』も『精霊同盟』の軍門に下った。

『精霊同盟』は『黒壁の騎士』が武装解除したのを見て攻撃を中止する。

サイモンはロランの手並みに舌を巻いた。

(この断固とした態度といい、迅速な用兵といい見事なものだ。『精霊同盟』の隊長は相当な人物に違いない)

契約の解釈

『黒壁の騎士』を降伏させたロランは、本隊の指揮をレオンに任せて、自身も一隊を率い、『黒壁の騎士』と共に下山した。

『黒壁の騎士』が街へと帰還すると、早速、島の住民達《たち》が寄り集まってきた。

「『黒壁の騎士』だ」

「ロランも一緒にいるぞ」

すでに住民達は、先にボロボロになって帰ってきた『紅砂の奏者』や『城砦《じょうさい》の射手』の姿を目撃しており、彼らが『精霊同盟』にやられたことを突き止めていた。

そのため、ほぼ無傷で帰ってきた『黒壁の騎士』にダンジョン内で何があったのか、より一層興味が掻《か》き立てられた。

我慢できなくなった住民達はサイモンの方に駆け寄ってきて質問攻めにした。てんでバラバラに捲《まく》し立てるため、サイモンが答える暇もないほどだった。

「皆さん、どうか落ち着いて」

サイモンは観衆をなだめるように言った。

「我々はダンジョン内でロラン殿と交渉した結果、『精霊同盟』に加入することに決めました」

観衆はより一層ざわついた。

「我々にとって大切なのは地元ギルドといかに協力するかですからな。つきましては我々『黒壁の騎士』は『竜の熾火』との契約を解消し、『精霊《せいれい》の工廠《こうしょう》』と装備にまつわる契約を結ぶつもりです」

ワッと住民の間から歓声が上がった。

「ロランさん！」

パンフレットを手に持ったアイナがロランの方にやってくる。

「アイナ。来ていたのか」

「はい。帰ってくるギルドに営業をかけようと思って」

「なるほど。それじゃあもしかして他の2ギルドにも？」

「はい。再度営業をかけてパンフレットをお渡ししておきました。成約には至りませんでしたが、かなり迷っていらっしゃるようでした。『黒壁の騎士』様は？」

「聞いての通りだよ。『黒壁の騎士』とは話がついた。これから彼ら向けにも装備を作る必要がある。工房《アトリエ》のみんなにも一仕事してもらうよ」

「はい！」

サイモンは内心で安堵《あんど》のため息をついた。

（ふぅ。一時はどうなることかと思ったが、どうにか面目を保つことができた）

　街へと帰還したサイモン達はその足ですぐに『竜の熾火』へと向かい、契約キャンセルの手続きを行おうとした。

　が、そうは問屋が卸さなかった。

「ダメです」

「は？」

「契約解消なんてさせませんよ」

「いや、させませんよと言われても……」

「契約書にも記載されています。契約を解消するに値する相当な事由がなければ、どちらかが一方的に契約を解消することはできない」

『竜の熾火』の営業はサイモンに契約書を突き付けながら言った。

「キャンセル料を支払うと言っているのだが……」

「ダメです。支払わせません」

『竜の熾火』営業は再び契約書を示した。

「契約書には、あなた方が債務履行不可能になった場合、キャンセル料をいただくと書いてあるだけです。我々があなた方からの一方的な契約解消の要求に応じる義務はありません」

「……」

「あなた方はダンジョン探索できなくなったわけではないのでしょう？　でしたら次の探索でも、その次の探索でも我々の装備を買っていただきます。あなた方が『精霊《せいれい》の工廠《こうしょう》』とどのような約束を取り交わしていようと我々には関係ありません。あっちの商品の方が良さそうで目移りしたからといって、そんな理由で一方的にキャンセルするなど認めませんよ！」

「あの契約ヤクザ共め！」

宿舎に戻ったサイモンは、苛立《いらだ》ち紛れに悪態をついた。

「自分達は値上げやら新装備やらをやたら押し付けてくるくせに、こちらからの要望には契約書を盾にしてキャンセルもできないとは」

「しかし、困りましたね」

リズが言った。

「ロランにはすでに『竜の熾火』との契約は解消すると伝えています。これでキャンセルできないとなると……」

「冗談じゃないぞ。ただでさえ、地元ギルドの協力がなくて困っているのに、『白狼』と『精霊同盟』に狙われるとあってはおちおちダンジョン探索もできんわ」

「では、こういうのはどうでしょう」

アーチーが発言した。

「『竜の熾火』の連中に無理難題をふっかけてみては？」

「無理難題？」

「ええ。そうです。契約書では、『竜の熾火』は3回分装備の整備を請け負い、『黒壁の騎士《我々》』はその分報酬を支払わねばならない、と記載されていますが、装備の具体的なステータスまでは明記されていません。おそらく後で自分達に都合のいい装備を押し付けるための処置でしょう。彼らに対して到底作れないようなステータスの装備を要求するのです。それで作れなければ……」

「契約解消の大義名分になるというわけね」

「なるほど。よし。それでいこう」


サイモンは早速、『竜の熾火』に出向いて担当営業にふっかけた。

「ダンジョンを攻略するにあたって新しい装備が必要になってな。このステータスの装備を作ってもらいたい」

「はぁ。新しい装備ですか。……えっ？　な、なんですかこれは？」

『竜の熾火』の営業はその出鱈目《でたらめ》な内容に仰天する。

「それだけのステータスのものでないと『精霊同盟』には太刀打ちできないんだよ。お主らも聞いておるだろ。『紅砂の奏者』と『城砦の射手』が『精霊同盟』になす術《すべ》もなくやられたのを」

「しかし、だからといってこのステータスは……御無体ですよ。ねぇ、サイモンさん、こはカルテットの既存の装備で妥協しましょうよ。それでいいでしょう？」

「そうはいかん。ワシらも命がかかっておるのでな。それに『精霊《せいれい》の工廠《こうしょう》』の方ではこのステータスの装備を作れると言っておるぞ」

「……」

「期日までにこちらの望む品質のものが作れないのなら、契約はキャンセルだ」

営業は困り果てて、メデスの下に帰り事情を説明した。

「なら、作れ」

メデスはこともなげに言った。

「えっ？」

「客が作れと言ってるのだろう？　なら作ればいい。何を躊躇《ためら》っている？」

「いや、しかしですね。物凄《ものすご》いステータスですよ。この納期でこれだけのもの、作れるのですか？」

「エドガー。どうなんだ？　作れるよな？」

メデスは傍らのエドガーに話を振った。

エドガーは要件書をしげしげと見る。

「ふぅむ。確かにこのステータスは少々骨が折れますが……。まあ、ウチの力ならなんとかなるんじゃないっすかね」

「だそうだ。この内容で製造部に回せ」

（大丈夫なのか？）

営業は恐る恐るラウルに回す。

ラウルはその発注書を見て仰天した。

「なんだよ、これ。お前らこの内容で契約取ってきたのか？」

「はあ。その、ギルド長がこの内容で問題ないとおっしゃっていまして」

「マジかよ」

ラウルは再度発注書を凝視する。

しかし、何度見てもそれは無茶な要求だった。

「いや、いくらなんでもこのステータスは流石《さすが》に……、無理だ。俺は降ろさせてもらう」

仕方なく営業はエドガーにその依頼を持っていく。

エドガーはその案件が自分に回ってきたのを見て、眉を顰《ひそ》めた。

「ラウルはどうしたんだよ。こういう一番ステータスの高い仕事はあいつがやるって決まってんだろ」

「ラウル様は自分には無理だとおっしゃって……」

「ふーん。そっか……。あ、悪い。ちょっと腹痛くなってきたわ。他の奴《やつ》に頼んで」

エドガーはそう言って、そそくさとその場を離れていった。

シャルルも固辞する。

結局、その案件は新人のカルテット、ティムに割り振られた。

ティムは葛藤した。

(まだカルテットなりたてできた初めての仕事。これを断れば間違いなく評価が下がってしまう)

ティムは断り切れず受諾したが、その後部下に押し付けることにした。

その部下も別の部下に押し付けた。

さらにその部下も別の人間に押し付けた。

『竜の熾火《おきび》』の責任を押し付ける社風は組織の隅々にまで行き渡っていた。

結局、その案件はたらい回しにされ、案件の難しさも分からなければ品質の査定方法も知らないようなペーペーの新人に任せられることになる。

そうして納期が訪れた。

出来上がった装備が『黒壁の騎士』に納品される。

サイモンは出来上がった品を見て青ざめる。

（おいおい。まさか本当にあのステータスの装備を作ってくるとは。一体どうするんだよこれ）

「では、約束の装備はこれで納品したということで。2回目の契約も完了したと。そういうことでよろしいですね？」

『竜の熾火』の営業は急《せ》かすように言った。

「えっ？　いや、その……、だなぁ」

サイモンが困り果てていると、リズが前に進み出て、納品された剣の1つに短剣《ダガー》を突き立てた。

その大剣はあっさりと砕けてしまう。

営業担当者は真っ青になった。

「これはどういうことかしら？　『竜の熾火』さん？」

「いや、これはその……」

「何だこれは。どういうことだ？　たかが短剣《ダガー》の一突きで装備が壊れるなんて……」

「まさか、ステータスを偽って納品したのか？」

サイモンとアーチーもここぞとばかりに騒ぎ立てる。

リズは営業担当者の前にズイと進み出た。

「あなた達《たち》は期日までにこちらの要求する品質の成果物を納めることができなかった。それに加えてステータスを偽って納品しようとした。あってはならないことだわ。この不誠実な対応、これはもう契約をキャンセルするに値する相当の事由になるのではなくて？」

こうして『黒壁の騎士』は無事『竜の熾火』との契約をキャンセルし、大手を振って『精霊《せいれい》の工廠《こうしょう》』新工房《アトリエ》の門をくぐるのであった。

『精霊《せいれい》の工廠《こうしょう》』は『黒壁の騎士』からの依頼を正式に引き受けた。

アイナの1日

『黒壁の騎士』が『竜の熾火』との契約を解消している頃。

『精霊《せいれい》の工廠《こうしょう》』のリゼッタの下には、『翼竜の灯火《ともしび》』の槍使い《ランサー》、アイク・ベルフォードが訪れていた。

「アイク。どうしてここに？」

「水臭いですよリゼッタ。『精霊《せいれい》の工廠《こうしょう》』に移籍したのなら、なぜ我々に知らせてくれないんです？」

「でも、あなたのギルドはまだ『竜の熾火』との契約期間が……」

「私はあなたの作る火槍《ジャベリン》に惚《ほ》れ込んで『竜の熾火』と契約していたのです。あなたがいなくなった以上、『竜の熾火』と契約し続ける意味などありません」

「アイク……」

「我々『翼竜の灯火』は『精霊同盟』に加入します。さあ、麗しの錬金術師よ。S級鑑定士と共に作った最高の逸品を我々に見せてください」

ウェインはイライラしながら『精霊《せいれい》の工廠《こうしょう》』に出勤していた。

（くっそー。あのガキども。夜遅くまでバカ騒ぎしやがって）

ウェインの隣の部屋は若者の溜《た》まり場《ば》となっており、彼らによって催《もよお》される宴会はしばしば夜遅くまで続いた。

しかもなぜかウェインの寝室と接する側の壁を何度もドンドン叩《たた》いたり蹴ったりしてきて、ウェインとは何度も揉《も》めていた。

にもかかわらず彼らは態度を改めることなく、昨夜も怒鳴り込んだウェインと深夜近くまで口論をすることになった。

おかげでウェインは寝不足だった。

（あー。ムシャクシャするぜ）

「おはようウェイン」

ウェインは声をかけられて振り向いた。

「あ、アイナか」

「どうしたの？　そんな不貞腐《ふてくさ》れた顔して」

「それがよー。昨日、隣の奴らが夜中まで騒いでてよぉ」

「また？　ほんの数日前もそんなこと言ってたじゃない」

「あいつら、全然反省しねぇんだよ」

「もう引っ越したら？　寝不足になって仕事に差し支えるでしょ？」

ていった。

「引っ越しかぁ。まじで考えてみっかな」

その後もアイナはウェインの愚痴を聞き続け、雑談を交えてウェインをリラックスさせていった。

ウェインもだんだん顔から険しさが消えて、スッキリしていった。

工房《アトリエ》にたどり着く頃には、すっかり調子を取り戻す。

「それじゃ、今日もしっかり頼むわよ。今日からは『黒壁の騎士』の装備も担当するんだから。あなたにもしっかり働いてもらうわよ」

「おう。任せとけ」

ウェインはキビキビとした足取りで工房《アトリエ》の中に入っていく。

（まったく。世話が焼けるんだから）

アイナはウェインの背中を見ながらため息をつく。

ウェインが工房《アトリエ》に悪影響を与えないよう注意を払うのは、彼女の最優先事項だった。

気分の上下が激しくムラが大きい一方で、周囲の空気を変える影響力があるため、こうして朝イチで声をかけて嫌な空気を振り撒《ま》かないよう毒気を抜いておくのだ。

（さて、ウェインの『調整』も終わったし、私は『黒壁の騎士』受け入れの準備しなきゃ）

『精霊《せいれい》の工廠《こうしょう》』の第一の使命は、冒険者の探索をサポートすること。

とはいえ、利益を出さなければやっていけない。

クオリティを追求するにしても、利益もきっちり出るようにコストと納期も厳密に計算しなければ。

もうすでに『黒壁の騎士』隊員のスキル・ステータスデータはロランから預かっており、把握している。

そこから推定される装備の予算とコストも出ている。

あとはきちんと工房《アトリエ》を計画通り動かして、可能な限りコストを圧縮させるだけだった。

アイナが作業室に入ると、すでに各々が作業を開始していた。

ウェインは熱心に魔石を削っていたし、パトは物静かに考え事をし、リーナは鼻歌混じりに鉱石を窯にくべていた。

(うん。いい感じ。みんな集中している)

とりあえずAクラス錬金術師達は全員調子が良さそうだった。

これなら新規の受注が入っても十分対応可能だろう。

やがて『黒壁の騎士』が装備を預けに来たが、アイナ達は滞りなく受け入れ作業を済ませる。

「アイナさん」

アイナが『外装強化《コーティング》』作業をしていると、リゼッタが話しかけてきた。

「ん？　どうしたの？」

手を止めて、リゼッタの方を向く。

「実は今朝、『翼竜の灯火』から装備を作ってほしいという注文が来ました。引き受けてもよろしいでしょうか？」

「ふむ」

アイナはリゼッタから渡された注文書に目を通した。

リゼッタはアイナの一挙手一投足も見逃すまいと注視した。

（予定外の注文。アイナさんの上司としての実力を測るまたとない機会ですわ）

アイナは頭の中でこの依頼に必要な鉱石と予算、納期を概算で弾《はじ》き出す。

「ふむ。まあ、これなら予算内に収められそうね。納期の面でも問題なさそう」

（私が一時間ほどかけて行った計算を一瞬で……）

「『精霊同盟』とS級鑑定士のことは説明してる？」

「はい。彼らは『精霊同盟』の傘下に入り、S級鑑定士の鑑定も受け入れると申しております」

「いいでしょう。リゼッタ、この依頼あなたに任せます。いいわね？」

「はい」

「ロランさんの鑑定作業を踏まえて、3日以内にできる？」

「!? 流石《さすが》に5日はかかるのでは?」

「あなた1人でやればね。でも、Bクラス以下の装備については夜勤組でも問題ないでしょ? 夜勤組はちょうど手が空いてるし、仕事を振ればいいわ。あなたには銀細工に集中してほしいし」

(むむ。さすがにロランさんから工房《アトリエ》の管理を一手に任されるだけのことはありますね。まさかここまで腕を上げているとは……)

「分かりました。そのようにします」

アイナの方でも、すぐに意図が伝わるリゼッタに感心していた。

(リゼッタ。流石にカルテットをやっていただけあって優秀ね。手間がかからなくて助かるわ)

「アイナさん」

今度はリーナがやってきた。

「ん? どうしたの?」

「鉄Aが足りなくて……」

リーナによると『翼竜の灯火』の注文が新規で来たために鉄が足りなくなったということだった。

「そんなはずないでしょう? 鉄は十分在庫があったはず」

「その、ロランさんからの指示で。Sクラス重装騎士が来るのに備えて、鉄Aを取っておくようにとの指示が……」

「ああ、なるほど」

「新しい鉄が入ってくるまで時間がかかりそうですし、このままでは『黒壁の騎士』様への納品が遅れてしまいます」

「分かった。それじゃ、銀で代用しましょう。余っている銀を精錬しておいてもらえる？」

「いいんですか？　銀だとコストが嵩《かさ》むことになりますが……」

「そこはウェインの『魔石切削《カッティング》』で何とかしましょう」

「分かりました」

アイナがウェインとロディに相談したところ、銀を使ってもどうにか予算内に収められそうだった。

ウェインの『魔石切削《カッティング》』を取り入れて設計図を描き直した上、リゼッタに回す。

アイナはこれらの作業を終えて、一旦休憩に向かおうとした。

通路を通っていると、製品を運んでいるアイズに出くわした。

「アイナさん。これ、ケインの作った剣10本完成したのですが、どこに置いておきますか？」

「ああ。それなら明日出荷だから、出荷場に置いといて」

「分かりました」

アイズは出荷場へと台車を押していく。

そこでアイナははたと足を止める。

（ん？　新人のケインに頼んでいた剣10本がもう終わってる？）

アイナは違和感に気づいた。

（おかしい。ケインのスキル『金属成形』はまだCクラス。剣10本作るには最低6時間はかかるはず。それがもう終わってるということは……）

「アイズ。ちょっとケインを呼んできて」

ほどなくして新人のケインがおずおずとした様子で現れる。

「お呼びでしょうか？」

アイナはやってきたケインを前にして、出来立ての剣をハンマーで叩く。

すると剣はあっさりと割れてしまう。ケインの顔は真っ青になった。

「ケイン、これはどういうこと？」

「う、そ、それは……」

「鉄はきっちり練り込まなきゃダメって言ったでしょ？」

「す、すみません」

（危ない。危ない。もう少しで品質の低い製品を出荷してしまうところだったわ）

「ん？　なんだそれ壊れてんのか？」

通りかかったウェインが尋ねる。

ロディも一緒だった。

「ケインが作ったの。鉄の練り込みを怠ったみたい」

「ったく何やってんだよ。これだから新人はよぉ」

「ウェイン、もう突っ込んでやらないぞ」

ロディが言った。

その後、アイナはケインに厳重注意を言い渡した上で、彼のミスを取り返すべく、テキパキと仕事を振り分けていった。

俊敏《アジリティ》の高いアイズに急ぎの分を作らせて、残りの分は仕事を欲しがっている夜勤に回す。

アイズの仕事はアイナがやっておいた（アイナはこの時すでに自分の分の仕事を終えている）。

こうしてアイナの適切な差配のおかげで、新規の受注と思わぬトラブル、予定変更があったにもかかわらず、今日も『精霊《せいれい》の工廠《こうしょう》』の職員達《たち》は定時で帰れるのであった。

アイナはロランに本日の業務報告をしにいく。

ロランはアイナの仕事ぶりに満足した。

（素晴らしい管理能力だ。これなら工房《アトリエ》のことも全て任せることができるな）

【アイナ・バークのスキル】
『工房管理《アトリエ》』：A（↑1）

管理職と専門職

夜勤組への引き継ぎを終えたところで、アイナはロランに声をかけられた。

「アイナ。今夜空いてるかい？」

「？　ええ。特に予定はありませんけど」

「じゃあ、これから食事でもどう？」

アイナは身構えた。

（来た！）

「ええ。構いませんよ」

「よかった。それじゃあ行こっか。もう予約は取ってあるんだ」

アイナはロランの案内に従って、馬車に乗り郊外のレストランへと向かった。

「随分遠くまで行くんですね」

「うん。もっと近場にしようと思ったんだけど、適当な店はみんな予約が埋まってて。少し値段は高いけどここしか空いてなかったんだ」

「なるほど。そうですか」

アイナは外を眺めた。

車窓から見える森にはすでに夕闇が迫りつつあった。

森に囲まれた瀟洒《しょうしゃ》なレストランにたどり着くと、アイナはロランのエスコートに従い、店内に足を運ぶ。

「随分高そうなレストランですね。いいんですか、こんなところでご馳走《ちそう》になっちゃって」

「気にしないで。Aクラス錬金術師なんだから。むしろ今までの頑張りに比べると、これくらいで申し訳ないほどだ」

「そうですか？　それでは、遠慮なく」

アイナは運ばれてくる豪華な料理に舌鼓を打った。

食べたこともないような高価な珍味を口に運ぶ度に、年齢相応の素直さで喜びをあらわにした。

ロランも一緒になって『火竜の島《ファフニール》』の山海珍味を楽しむ。

「いやー、本当にありがとうございます。まさかこんな豪華な料理をご馳走していただけるなんて」

メインディッシュを食べ終わった頃、アイナは言った。

「気に入ってもらえたようで良かったよ。僕もこの店に来るのは初めてだったから」

「けれども本当にいいんですか？　私だけこんなにいい思いをしてしまって。なんだか他のみんなに悪いわ」

「気にしないで。他のみんなにもいずれ相応のお礼をするつもりだから」

「そうですか。でも、それならいっそのことみんなも一緒に連れてくればよかったじゃないですか。なぜ私だけ？」

「実は是非とも君にだけ贈りたいものがあるんだ」

「へえ。私だけに」

アイナはワイングラスに目を落とした。

グラスの中ではピンク色のワインがユラユラと揺れている。

「そう。君のために用意したとっておきのもの。喜んでくれると嬉《うれ》しいんだけど」

「それは是非とも見てみたいですね」

豪華な料理の後には何が出てくるのだろう。

リリアンヌに渡したような『竜の涙』だろうか。

それとも部屋の鍵か。

このレストランの上階にホテルがあるのは知っていた。

いずれはこういうことになるだろうとは思っていた。

アイナはロランのことを尊敬しているし、育成してくれたことにも感謝している。

しかし……。

(やっぱり男はみんな狼《おおかみ》なんだわ。それはロランさんといえど同じ)

アイナは内心の警戒心を悟られないよう余裕のある笑みを浮かべ、間合いをはかりながら、ロランから来るであろう言葉を待ち構えた。

(リリアンヌさんのような素敵な人と付き合っていながら、私をこんなお店に誘うなんて)

もし誘惑されようものなら、すでに言うことは決まっていた。

申し訳ありませんがロランさん、私、他の女性と付き合っている方とは、お付き合いできませんわ。

リリアンヌさんのような素敵な方と付き合っているのに、他の女性に目移りなんて罰当たりもいいところではありませんか?

そういうお話はまずリリアンヌさんと別れていただいてからでないと。

「君に贈りたいもの。それは……」

(来た!)

アイナは万全の態勢でロランからの言葉を待った。

自分でも驚くほど平静だった。

「新たな役職だ。君にギルドの支部長になってもらいたいと思ってるんだ」

「申し訳ありませんが、ロランさん、私、ギルドの支部長なんかには……、えっ？」

「えっ？」

　2人はお互い相手の言っていることが瞬時に理解できずポカンとした。

「えっと……、支部長……ですか？」

「あ、うん。もう君も管理者として一流になったように思うし、工房《アトリエ》を任せるのに十分だと思って」

「そ、それだけ？」

「う、うん。君も工房《アトリエ》を持ちたがってたから、てっきり喜んで引き受けてくれるものかと……」

　アイナはカァーッと顔が赤くなるのを感じた。

（ヤ、ヤダ。私ったらとんだ勘違いを……）

「いや、でも困ったな。君が引き受けてくれないとなると、また一から候補者を探すことになるし……」

「あ、いえいえ。もちろん引き受けさせていただきますよ。引き受けますとも」

「えっ？　本当かい？　よかった。助かるよ」

　その後、ロランは彼女に経営に関する引き継ぎや給与について簡単に提示した。

　いずれもアイナにとって喜ばしく栄誉なものばかりだったが、まだ恥ずかしさが尾を引くアイナは誤魔化すようにいつもより饒舌《じょうぜつ》にしゃべり、運ばれてきたワインを多めに飲んでしまう。

その後、デザートを食べ会計を済ませた2人は帰宅の途についた。

レストランの馬車はアイナを自宅の通りまで運んでくれた。

去り際にロランは「おやすみ」と声をかけてくれる。

アイナも「おやすみなさい」と返した。

馬車はロランを乗せて去っていった。

馬車が去っていった後も、アイナはしばらくの間、夜道に立ちすくんで馬車の去っていった方向を見守っていた。

夜風が吹いて火照《ほて》った体が冷え冷えとしてきた頃、ようやく夜道を眺めるのをやめて、自宅に戻る。


翌朝、アイナは目を覚ましたものの謎の倦怠感《けんたいかん》に襲われ、なかなか布団から出ることができなかった。

結局、出勤時間に10分ほど遅刻してしまう。

「珍しいね。君が遅刻するなんて」

ロランに笑われながらそう言われて、アイナはまたもや顔を赤くしてしまうのであった。

その日の仕事にひと段落ついた頃、アイナはロランから工房《アトリエ》の経営に関する引き継ぎを受けた。

会計帳簿に関すること、取引先に関すること、次々と引き継いでいき、最後に人事に関する話題へと移っていった。

「それぞれの得意なスキルとステータスを活《い》かせばクオリティの高い装備を効率よく作ることができる。それはもう分かってるよね？」

「はい。そのためにもロランさんの『鑑定』スキルとばっちり連携して適材適所に配置した人材を活かす必要があります」

「うん、その通りだ。だが、スキル・ステータス以上にその本人の性格も考えて職務や仕事を割り振らなければならない」

「性格……ですか？」

「そう。パトは思考力が高く分析力も高い一方で考え過ぎるところがある。煮詰まっている様子だったら、考えの整理を手伝ってあげるように。リーナは優しく適応性が高い一方で、責任感に欠けるところがある。隠し事をしていないか注意するんだ。ロディは穏健な一方で保身に走る傾向がある。進退に関して不安を感じることがないよう配慮してあげて。雇用を保障さえすれば安定したパフォーマンスを発揮してくれるだろう。アイズは仕事を手際よく片付ける一方で大雑把なところがあるから、品質には注意を払うように。ウェインは勝気でステータスへの拘《こだわ》りが高い一方で、自惚《うぬぼ》れが強く自己中心的な一面がある。権限を渡し過ぎないように注意するんだ」

「ふむふむ」

「それぞれ性格の長所と短所を見極めた上で、長所をより伸ばし、なるべく短所が出ないように手綱を握ること。特にウェインには注意が必要だ。下手に有能な分、危険だ。職場に悪影響を与えないよう常に目を光らせておく必要がある」

「はい。ウェインについては毎日朝一で声をかけて、毒気を抜くようにしています」

「おっ。流石《さすが》だね」

（厳格さを全面に押し出すランジュに比べて、アイナは柔らかい手法を多用する感じだな）

「もし、ウェインがステップアップを望んで来たら、管理職ではなく専門職に進むよう促すんだ」

「分かりました」

こうして大まかな方針の確認が済むと、ロランは今まで自分が管理していた書類もアイナに引き継ぐべく棚を漁《あさ》り始めた。

「えーと、どこにやったかな……」

アイナは棚を漁っているロランの背中を熱っぽい目で見た。

今まで気づかないふりをしていた感情。

本当はとっくの昔に気付いていた気持ち。

時間が経《た》つにつれてどんどん湧き上がってくる。

（ロランさんが好き。だって、しょうがないよね。工房《アトリエ》にいる男共はみんなお子ちゃまばっかりだし）

ロランにリリアンヌがいることは知っている。

けれども、遠く離れているうちに心も離れていって、いずれは自分の方を振り向いてくれる時が来るかもしれない。

「あったあった。これだ」

ロランが目当ての書類を探し当てて振り向くと、アイナは熱っぽい視線をさっと引っ込めて、普段通りの顔になる。

しかし、胸の内には切ない痛みがズキズキと走ったままだった。

アイナへの引き継ぎが終わったロランは、午後から冒険者達《たち》の鑑定をすることにした。

鑑定室には『翼竜の灯火《ともしび》』のアイク・ベルフォード、『黒壁の騎士』のリズ・レーウィルとアーチー・シェティがいた。

３人とも鑑定及び育成プログラムを希望しているとのことだった。

（この人が伝説の鑑定士……）

リズはロランのことをマジマジと見た。

伝説の鑑定士というから一体どんな人かと思っていたが、こうして見ると自分とほとんど年齢の変わらない若い人だった。

【アイク・ベルフォードのスキルとステータス】
『槍術《そうじゅつ》』：B→A
腕力《パワー》：70－100

【リズ・レーウィルのスキルとステータス】
『弓射撃』：B→A
俊敏《アジリティ》：70－100

【アーチー・シェティのスキルとステータス】
『盾防御』：B→A
腕力《パワー》：70－100

（なるほど。みんなBクラス相当の実力だが、Aクラスになる段階で伸び悩んでいるって感じか）

「腕力《パワー》や俊敏《アジリティ》を高水準で出せるが安定しない。そのため、どのくらいの装備を身に着ければいいのか分からない。３人ともそんな感じかな？」

「うむ。そうなのだ」

アイクが同意した。

「やろうと思えば重さ１００の装備も扱えるのだが、それだとステータスの低下が激しくなる。そこで重さ70の装備を身に着けるものの、それだと何か物足りないような気がする」

「なるべくいい装備を身に着けるようにはしているんだけれど、ベストのスペックが分からないんだよ」

アーチーも同意した。

「ん。分かった。それじゃみんな装備の見直しから始めていこうか。まずアイク。君は常に重さ90の装備を持ち運ぶこと」

「重さ90？　それは少しばかり重すぎるのでは？」

「君の腕力《パワー》は最低値が70なのに対して、最高値が１００。Aクラスになるにはこれを最低値90まで上げて安定させる必要がある」

「うーむ。そういうものなのか」

「アーチー。君も同じだ。装備の重さを90にして、ダンジョンで活動できるように」

「分かりました」

「さて、リズ。君は俊敏《アジリティ》に伸び代がある。だから、ここは逆に装備を軽くしようと思う」

「装備を軽く？」

「うん。その代わり移動速度は速めてもらう。偵察、戦闘中は常に俊敏《アジリティ》90で移動するように」

「俊敏《アジリティ》90……ですか？」

「そう。アリス！」

「はーい」

それまで側《そば》に控えていた『天馬の矢』のアリスが前に出てきた。

「手本を見せてあげて。俊敏《アジリティ》90だ」

「了解」

アリスは一瞬で横移動し、弓矢を構え、部屋に設置された的を射る。

（は、速い……）

「これが俊敏《アジリティ》90の動きだ。君も常に思うタイミングでこの速さの動きができるようになってほしい」

「うーん。できるかなぁ」

「もう今の段階でもやろうと思えばできるはずだよ。とりあえず、10本やってみよっか」

リズは実際にアリスの動きを真似《まね》てやってみた。

成功率は10本中3本だった。

（確かに……できなくはないか？　でも……）

「ちょっと不安定ですね」

「そう。その不安定を安定させるのが大事だ。これができるようになれば、スキルの発動も安定するようになって、やがてAクラスに到達するだろう」

「ですが……」

アーチーが言った。

「そこまで高負荷をかけながらダンジョン探索するとなると、ステータスの消耗も激しい。探索に支障が出るのでは？」

「そうだね。だから、ダンジョン内では仲間のフォローを受けながら進む必要がある」

「フォロー……ですか？」

「そう。パフォーマンスが不安定な状態、ステータスが消耗した状態でどのようなフォローが必要なのか。それを探るのが次の探索までの君達の課題だ。装備についてはこちらでベストなものを用意するから、君達はステータスが不安定な状態で援護を受ける訓練をしてくれ」

「なるほど」

「うむ。分かった」

リズは感嘆のため息を漏らさずにはいられなかった。

（凄《すご》い。ちょっと鑑定しただけで、私達の抱えている課題から伸び代、向上のためのプログラムまで瞬時に判定して……。これがS級鑑定士の力……）

アイク、リズ、アーチーの3人は、ロランの指示に従って、消耗して動きが遅くなった時、味方にフォローを頼む動きや、ダウンしても孤立しない味方との距離感、不安定なステータスでも敵を倒し切ったり逃げ切ったりするための訓練について手解《てほど》きを受けた。

アイク達の鑑定を終えると、ロランはウェインに捕まった。

2人で屋上に上がる。

「新しい仕事？」

「おお。俺も今の仕事に慣れてきたしよ。そろそろステップアップを考える時期かなと思ってよ」

「今日の仕事は……」

「もう終わったよ」

「アイナには……」

「アイナにも確認してもらったって。品質も問題ないってお墨付きもらったぜ。もう以前のようなヘマはしねーって」

「そうか。本当に成長したんだな」

「だろ？　任せとけよ。もう今の仕事は完璧だぜ」

「そうだな。僕もそろそろ君に新しい仕事を任せようかと思っていたところだ」

「おっ、流石ギルド長。話がはえーな。で？　俺にどんな仕事を任せようってんだ？」

「『黒壁の騎士』の副官リズ・レーウィルのために軽量化した弓矢を作ってほしいんだ。あと彼らの中に魔導師の才能を持つ者がいるから、新たに魔石を削ってほしい」

「……いや、そういうのじゃなくてよ」

「あれ？　不満なの？　てっきり喜んで引き受けてくれるものと思ってたけど。君のユニークスキルを活《い》かしてるし、今後、ウチで伸びていく外部ギルド向けの仕事だし」

「それもいいけどよ。俺もそろそろ部下を持ってもいい頃だと思うんだ。アイナみたいに」

　ロランは曖昧な微笑を浮かべた。

「心配しなくてもちゃんと自分の仕事はやるって。部下の指導にかまけて、手抜きなんてしねーよ」

「もちろん、君が手抜きするなんて思っていないよ。ただ……、うーん、アイナはどう言ってるの？」

ウェインは面白くなさそうな顔をする。

「魔石磨きと軽量化の専門家になれってよ。その一点張り」

「いいじゃないか、スペシャリスト。下手に部下を持つより自分の専門分野に特化した方がたくさん稼げるよ」

「……」

ウェインはなおも不満そうにした。

「そうだな。例えば、今、『城砦《じょうさい》の射手』から注文が入ってきたとする。どのくらいの予算と納期なら割に合うと思う？」

「えっ？　えーと……」

「『城砦の射手』冒険者のスキル・ジョブ・ステータスに関するリストには目を通してるはずだよね？」

「うぐっ」

「計算するの性に合わないだろ？　そんな状態で管理職にでもなろうものなら、どうなると思う？」

「どうなるって……」

「きっとエドガーみたいになるよ」

「……なんだと？」

流石《さすが》のウェインも目を落とした。

（俺がエドガーみたいに他人を利用するだけ利用して、切り捨てるクズになるって言うのかよ）

（すでに今の時点でも相当危ういけどね）

「別に珍しい話でもなんでもない。こう見えて人生経験豊富でね。エドガーみたいな人間はいっぱい見てきたよ。上手《うま》く他人を利用して蹴落として、経営者や管理職まで上り詰めたものの、無能だから組織の管理が行き届かず、部下に責任を擦《なす》りつけることでしか保身が図れない。君がああいう風になりたいというなら止めはしないよ？　実際、他人の足を引っ張るのは、出世という一点に限ってはシンプルで効果的なやり方だ。だが、この工房《アトリエ》にそのような人間の居場所はない！」

「……」

「これでも僕は君のことを評価しているんだ。だが、叶《かな》えられない望みを約束することはできない。本当に部下を持つ必要があるのか、よくよく考えてみてくれ」

メデスは酒場に来ていた。

『黒壁の騎士』に契約をキャンセルされたと聞いて、メデスは激怒し、部下に当たり散らした。

「なんだこれは。一体どういうことなんだ。ええ？」

そうして誰が戦犯か探したが、一向に見つからなかった。

それもそのはず。

『竜の熾火《おきび》』の仕事に慣れた職員達《たち》は、誰も彼も責任逃れだけはきっちりしていたし、そもそもゴーサインを出した犯人はメデスなのだから。

仕方なくメデスは営業をどやした上で、欠陥装備の製作に当たった新人をクビにした。

そうして八つ当たりしたものの、腹の虫はおさまらず、若い頃の習慣でついつい居酒屋に入ってしまい、安酒をかっくらっているところだ。

「まったくどいつもこいつも。ワシの足を引っ張りおってからに……」

そんな風にぶつぶつ言っていると、折悪く、店に『黒壁の騎士』の隊員が2人入ってきた。

2人はメデスに気付かず、彼の後ろの席に座る。

「いやー。思った以上に良さそうだな。『精霊《せいれい》の工廠《こうしょう》』の装備」

「ああ。あれほどの腕の錬金術師がまだこの島にいたとは」

「仕事も速いし、サービスもいいし。言うことなしだな」

「最初からこっちにしとけばよかったな」

「ばーか。それを言っちゃあお終《しま》いよ」

「ハハハ」

「ふー、ふしゅる。んっ、んんっ」

メデスはわざとらしく咳払《せきばら》いをした。

しかし、後ろの2人はやはりメデスの存在には気付かず談笑を続けた。

「それに比べて『竜の熾火』。あいつらはもうだめだな」

「ああ。『精霊《せいれい》の工廠《こうしょう》』に質で勝てないからって、契約で縛ろうとしたりして」

「挙げ句の果てには粗悪品を摑《つか》ませようとしたもんだ」

「世界でも有数の錬金術ギルドが聞いて呆《あき》れるぜ」

メデスはイライラと貧乏ゆすりした上、グラスをガンガン机に叩《たた》きつけて2人に気付かせようとする。

中身が溢《あふ》れて机の上にはねた。

「んっ、んんっ。んんんんっ」

しかし、それでも2人はメデスに気付かず話し続けた。

「大体俺は気に入らなかったんだよあのギルド。絶対裏で盗賊《シーフ》ギルドと組んで、悪どいことやってたぜ」

「だな。あのギルド長ヤクザっぽいところあったし」

「おっ、酒が来たようだぞ」

「それじゃあお祝いといくか。新たな錬金術ギルドとの出会いに」

「ポンコツギルドとのお別れに」

「「カンパーイ」」

「プルァァァ！」

メデスが振り返りざま、威嚇するように意味不明な音声を発した。

2人は仰天する。

「えっ？」

「なっ、なに？」

「もういいわい。クソザコ冒険者共が！」

メデスは2人の椅子の脚を1つ蹴ると、店を後にした。

2人は怪訝《けげん》そうに出口の方へと目をやる。

「なんだぁ？　あのオッサン。態度わりーな」

「ほっとけ。仕事で何か嫌なことでもあったんだろ」

メデスは2人に罵声を浴びせたものの、腹の虫がおさまらなかった。

そこで帰り道、『黒壁の騎士』の宿舎を襲撃することにした。

河原から大きめの石を拾ってくると、『黒壁の騎士』宿舎の窓に向かって立て続けに投げつける。

「うわっ。なんだ？」

「敵襲か？」

「あそこに誰かいるぞ！」

「ヤロウ。なめやがって」

「やっちまえ！」

『黒壁の騎士』宿舎は騒然となった。大捕り物が始まる。『黒壁の騎士』冒険者達は総出で襲撃者の捕獲にかかる。メデスも最初の方は、猿蟹《さるかに》合戦よろしく高い所に登り、物を投げつけて冒険者達と互角に戦っていたが、所詮は老いぼれ。やがては体力《スタミナ》も尽き若い冒険者達によって棒でたたき落とされ取り押さえられる。

メデスは逮捕された。

クーデター

メデスは通報を受けて駆け付けた警官に連行されようとしていた。

「オラッ。抵抗すんな」

「神妙にお縄につけや」

「離せ！　ワシは『怒礼威苦《ドレイク》』の頭《ヘッド》じゃぞ」

「『怒礼威苦《ドレイク》』？　何言ってんだこいつ」

「昔のことを語ってんだろ。ったく、これだから老いぼれは」

「尋問すれば余罪がわんさか出てきそうだな」

帰り道の途中で現場を通りかかったウェインは、ポカンとしながらメデスがしょっ引かれる様を見ていた。

（あれはメデス？　何してんだよあいつ。なんで警察に取り押さえられて……）

ウェインが呆然《ぼうぜん》としていると、すでに集まっていた野次馬の話し声が聞こえてくる。

「何があったんです？」

「酔っ払いが『黒壁の騎士』の宿舎を襲撃したみたいですよ」

「まあ、物騒ねぇ」

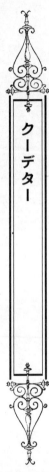

（『黒壁の騎士』に襲撃だと？　まさか契約解消された腹いせに冒険者ギルドに殴り込みをかけたってのか？）

翌日、『精霊《せいれい》の工廠《こうしょう》』の休憩室ではこの話題で持ちきりだった。

「メデスが逮捕されたそうだよ」

パトが言った。

「ウェインは現場を通りかかったんでしょ？」

アイナが話を振った。

「ああ。通行人の話によると、酔っ払ったメデスが『黒壁の騎士』の宿舎窓に石を投げ込んだそうだぜ」

「酔っ払っての犯行かよ。いくら契約をキャンセルされたからって……」

「『精霊の工廠《僕達》』じゃなく、冒険者ギルドを襲撃したというのが、またなんとも……」

パトは悩ましげに額を押さえた。

「あいつ自分は『怒礼威苦《ドレイク》』の頭《ヘッド》とか言ってたぜ」

「『怒礼威苦《ドレイク》』？」

「その名前じいちゃんから聞いたことがある」

年長のロディが言った。

「確か20年以上も前、この島で幅を利かせてた詐欺師集団だ」

「その詐欺師集団の元締めがメデスだったたってこと？」

リゼッタは顔を顰《しか》めた。

「私が『竜の熾火』にいた頃から時折ヤクザっぽいところがあるとは思っていたけれど……。あの人本当に半グレだったの？」

「何にしても……」

パトは窓の外に見える『竜の熾火』に目をやった。

「これから大変だろうな、『竜の熾火』は……」


メデスが『黒壁の騎士』を襲撃したというニュースは、瞬く間に島中を駆け巡った。

『黒壁の騎士』隊長のサイモンはブチギレた。

「契約解除の報復に襲撃だと？　前代未聞だぞこんなこと。隊員の身に危害が及ぶこの暴挙を黙って見過ごすわけにはいかん！　我々『黒壁の騎士』はこの一件について『竜の熾火』に強く抗議するつもりです」

サイモンは広場でそう大々的に宣言した。

この事件を聞きつけた『竜の熾火』職員や外部冒険者ギルドの動揺は計り知れなかった。

説明を求める苦情が相次ぎカルテットは対応に追われた。

「あー、もう、こんなんじゃ仕事にならないよ」

　ようやくのことでクレーマーを追い返したシャルルが、頭を掻《か》きながら事務所に入ってくる。

「ったく。何やってんだようちのギルド長は。ただでさえ、『黒壁の騎士』に契約解除されて大変だって時に」

　ラウルも流石《さすが》に愚痴をこぼさずにはいられなかった。

　そうこうしているうちに新たなクレームが舞い込んでくる。

「ダメだな。こりゃ今日1日分の作業は先延ばしだ」

「ラウル、シャルル。ちょっといいか？」

　エドガーが2人を手招きした。

　ラウルとシャルルは不思議に思いながらもエドガーの下に集まる。

「何!?　クーデターだと？」

　ラウルは耳を疑った。

「お前、正気か？　ギルドが大変なこんな時に……」

「こんな時だからだよ」

　エドガーはいつになく真剣な顔つきで言った。

「ここ最近の業績の悪化は全てメデスの責任だ。なのにあの野郎、問題は悉《ことごと》く俺達《たち》のせいにしてきたんだぜ。自分は足を引っ張るしか能がねーくせによぉ。こんなことといつまで許しておくつもりだ？」

「……」

「これ以上、あいつに任せてちゃこのギルドは立ち行かねぇ。ここは全員で一致団結してあいつを引きずり下ろそうぜ」


程なくしてメデスは釈放された。

しかし、工房《アトリエ》に出勤した彼を待っていたのは、職員達からの冷たい視線とカルテットから連名で突き付けられた非難声明だった。

「この度《たび》のギルド長の乱心、目に余る。錬金術ギルドの長が冒険者を襲撃するような輩《やから》では顧客に対して示しがつかない。我々カルテットはメデスに対して1週間以内のギルド長辞任を要求する。それができないようであれば、我々カルテット及びその下につく錬金術師一同は職務命令に一切従わないし、現在進行している全ての作業を中止する」

そうしてエドガーは、カルテットや職員達を扇動する一方でメデスとも交渉の席をもった。

ラウルとシャルルが作業に戻ったタイミングを見計らって、ギルド長室をこっそり訪れた。

る。

「いやー。大変なことになりましたね。ギルド長」

「何が大変なことだ。お前もクーデター組の一員のくせに」

何食わぬ顔で接触してきたエドガーに、メデスは呆《あき》れたように言った。

しかし、どうにもエドガーに対しては怒る気になれない。

エドガーには相手の毒気を抜き、懐に入りこんでくる、妙な人懐っこさがあった。

「違うんすよ。俺はあいつらに担ぎ上げられたんすよ。『ギルド長に物申せるのはお前しかいねぇ。お前が先頭に立って抗議してくれ』とか何とか言って詰め寄られて。それでも俺は止めたんすよあいつらのこと。今はギルド全員で一丸となる時だって。こんな仲間割れを起こしてる場合じゃないって。するとあいつらこう言ってきたんですよ。『もしお前が動かねぇなら俺達はギルドを辞める』。そう言われるとこっちとしてもやるしかないじゃないっすか。ギルドから人材を流出させるわけにはいきませんし」

「どうだか。怪しいものだな」

「で、どうなるんすか裁判は。まさかムショにぶち込まれたりしないでしょうね？」

「アホか。酔ってガラスを割っただけだぞ？　せいぜい器物破損の罪に問われるくらいだ」

（暴行罪や傷害罪、脅迫の罪にも問われそうだけどな）

エドガーは心の中で突っ込んだ。

「どれだけ重くともせいぜい罰金を支払う程度で済むだろう。しかし、いずれにしても裁判においては無罪を主張するつもりだ」

(いや、無罪はねーだろ流石に。証拠《ネタ》は上がってんだからよ)

「で、ギルドのことはどうするんです？　クレームがいっぱい来てるし、この通り職員は反旗を翻そうとしていますよ」

「うむ、どうしたものか。このままでは本当にギルド長の地位を失ってしまいかねん。造反者を粛正しようにもあまりにも多過ぎるし。何とか批判をかわさなければ……」

「ギルド長。俺にいい案があります」

「言ってみろ」

「一時的に俺にギルド長の地位を明け渡してください」

「何？　お前にギルド長の地位を？」

メデスは猜疑心《さいぎしん》に目を細める。

「おっと。勘違いしないでくださいよ。本当にギルド長になるつもりはありません。あくまで一時的な措置です。ほとぼりが冷めればすぐにギルド長に復帰してもらいますよ」

「……」

「流石にこのままお咎《とが》め無しってのは不味《まず》いでしょう？　内外に向けて納得のいく処置が

必要です。批判をかわすためにも一歩引いて、ゆくゆくはギルド長に返り咲けるよう手配しますぜ。その代わり、上手《うま》く事が運べた暁には俺をカルテットのトップに据えてください」

「……」

「批判は全て俺が引き受けます。お願いです。ギルドのためにも、俺にギルド長の弾除《たまよ》け役を任せてください」

メデスは考えた。

職員からの批判などどうでもいい。

どうせいつも通りのらりくらりとかわしていれば、そのうち鎮まるはずだ。

それよりもメデスの頭を悩ませていたのは彼の保有している裏資金のことだった。

反社時代に稼いだ金が『竜の熾火《おきび》』の資産の中に交じっている。

今、あの裏資金について捜査当局に目をつけられるのはまずい。

どうも当局はメデスの過去を嗅ぎつけているらしいのだ。

尋問中、何度も『怒礼威苦《ドレイク》』について探りを入れられた。

一体なぜ当局が今になってメデスの『怒礼威苦《ドレイク》』時代について知り得たのか。

それは分からない。

だが、とにかく今はどうにか裏資金を隠し通さなければ。

しかし、こうして批判にさらされている中、おおっぴらに資金を移すのはやりづらい。どうにか隠《かく》れ蓑《みの》を設け、時間を稼がなければ。

結局、メデスはエドガーの案に乗ることにした。

その日のうちに、メデスの辞任が発表された。

後任にはエドガーが指名される。

なお、メデスは今後も社内に重役として留《とど》まることになる。

この知らせにウェインとリゼッタはブチギレた。

「エドガーがギルド長だぁ？　ふざけんなよ。なんでよりによってあいつがギルド長になってんだよ」

「しかもメデスは引き続き重役のポジションに留まるですってぇ？　元反社の、現在も暴力団紛《まが》いのことをして刑事裁判を控えている被告人を重役に据えるとか……どんだけ体質腐ってんのよ、あのギルドは！」

「あいつらだけは何があってもゼッテー引きずり下ろすぞ！」

ウェインとリゼッタはいつにない連帯感で運動するのであった。

翌日、メデスは昨日よりは幾分穏やかな気持ちで工房《アトリエ》に出勤しようとしていた。

（ふー。変な言いがかりでしょっ引かれた時はどうなることかと思ったが、今の地位はどうにか保てそうでよかったわい。それもこれも常日頃からの行いが……）

しかし、玄関を出たところで、警察に出会《でくわ》す。

「失礼。メデスさんですね？」

「署まで来ていただきます」

2人の警官はあっという間にメデスの両脇を固めた。

「うおっ!?　な、何だお前達は。一体何の根拠があって人様の身柄を拘束しようなどと……」

「あなたに装備のステータス粉飾や不正会計など重大なギルド倫理規定違反の容疑がかけられています」

「『竜の熾火』ギルド長、エドガー・ローグからの告発です」

「なんじゃと!?」

（エドガーがワシを告発……。くっ。おのれ、エドガー。ワシを嵌《は》めおったなぁー）

その頃、エドガーはギルド長の椅子に座りながらほくそ笑んでいた。

「くくく。今頃、あのジジイは捕まってる頃か」

（ギルド長に就任しさえすれば、あんたはもう用済みだぜ。あばよメデス。ブタ箱で臭い飯でも食ってな）

「君、この件を大々的に発表しといて。あとメデスはギルドから除名しておくように」

「は、はい」

エドガーに命じられて、傍らの秘書はバタバタと文書の作成に取り掛かる。

ラウルはその様子を苦々しげに見る。

彼も遅まきながらエドガーに利用されたことに気づき始めたのだ。

(いいのか？　このままエドガーにいいようにギルドを動かされて。これで本当にいいのかよ)

こうしてメデスが過去に行っていた装備のステータス粉飾や資産隠し、不正会計などの悪事が公にされるとともに、『竜の熾火』から除籍されることが発表された。

しかし、この発表に外部冒険者ギルド『紅砂の奏者』はブチギレた。

「装備のステータス粉飾をしていただと!?　ふざけるなぁ！」

その日のうちに『紅砂の奏者』は怒りの契約解除及び『精霊同盟』加入を発表する。

どんな組織でも人間が運営するものである以上、不祥事の種の1つや2つは抱えているものだ。

それが表沙汰にならないよう、内々で処理し、あらかじめ芽を摘んでおけるかどうかが経営層の器量というものだが……。

(まさか組織のトップ自ら暴露してしまうとは)

パトは元『竜の熾火』職員として頭の痛い思いだった。

（どれだけ外野が騒いでも、内部が認めさえしなければ、どこまでいっても疑惑の域を超えなかったのに……。トップが認めた以上もう終わりだ）

外部3ギルドのうち1つだけ取り残された『城砦《じょうさい》の射手』は揺れていた。

『城砦の射手』単独では『精霊同盟』に勝ち目がない。

かと言って、高額なキャンセル料は払いたくない。

『城砦の射手』内部はこの問題を巡って揉《も》めに揉めたが、新たにやってきた船から『金色の鷹《たか》』Sクラス重装騎士ジル・アーウィンが港へ降り立ったとの報を受け、論争は終わった。

同日中に『城砦の射手』は『精霊同盟』に加入する。

ジルの合流

港で船から降りた人々が荷物受取口に並んでいる。

船員達《たち》は忙《せわ》しなく動いて、乗客に荷物を手渡していく。

「お次の方どうぞ」

「ジル・アーウィンだ」

「ジル・アーウィン様ですね。はい。こちらになりま……、あっ」

荷物係のボーイは荷物を取り落としそうになった。

夕陽《ゆうひ》のような赤髪。

高貴さをあらわす柳眉。

均整の取れた身体《からだ》つき。

その女騎士は下心をもって見るのも憚《はばか》られる、息を呑《の》む美しさだった。

彼はこれほど美しい女性を見たことがなかった。

跪《ひざまず》いて自分の持ち物の一切合切を差し出し、彼女の奴隷になりたい。

そんな気持ちに囚《とら》われる。

「ねぇ。君」

ジルが軽やかな声で尋ねてきた。

「ふぁ、ひゃいっ」

「『精霊《せいれい》の工廠《こうしょう》』って知ってるかな？　私はそこに行かなきゃいけないんだけれど」

「せ、『精霊《せいれい》の工廠《こうしょう》』ですね。はい。ただ今、ご案内いたします」

「えっ？　いいよ。君にはここでやらなきゃいけない仕事があるんだろう？」

「いえっ、お気遣いなく。このような取るに足りない仕事、あなたを『精霊《せいれい》の工廠《こうしょう》』までご案内することに比べればなんでもありませんっ」

「そ、そう？　困ったな。大体の道さえ分かればいいんだが……」

ジルが船員の過剰な献身に困惑していると、助け舟がやってきた。

「ジル！」

「あっ、ロランさん！」

ジルはロランを見るとそれまでの高貴な騎士の仮面を脱ぎ捨てて、パッと喜色を露《あらわ》にした。

船員は彼女の変化にあんぐりする。

ロランのことを見た途端、それまで彼女が纏《まと》う崇高ささえ湛《たた》えたオーラは一瞬のうちに消え去り、どこにでもいる普通の村娘のようになってしまった。

そればかりかロランに言葉をかけられるたびに顔を赤らめてモジモジし始める。

「まさか港まで迎えに来てくださるだなんて。私の方からお伺いしようと思っていましたのに」

「この島では、来たばかりの上級冒険者に演説をさせる慣例があるんだ。そのサポートもしなければいけないしね」

「そうでしたか。私のためにそこまで気を遣っていただけるとは……」

船員はそれまでの夢想から急速に現実へと引き戻される。

神聖な気分を台無しにされてロランのことを恨めしそうに見るのであった。

その後、ジルは広場で演説し、『精霊同盟』に加入することを表明する。

Sクラス重装騎士の到来に、街では俄《にわ》かに『巨大な火竜《グラン・ファフニール》』が討伐されるのではないかという観測が高まった。

演説を終えたジルは『精霊《せいれい》の工廠《こうしょう》』まで足を運び、錬金術師達に紹介される。

「『金色の鷹』のSクラス重装騎士ジル・アーウィンだ。みんなよろしく」

またもやロランが美人を連れて来て、アイナは目眩《めまい》がした。

（凄《すご》い美人。うぅ、勝てないよぉ）

「さて、ジル。早速、『巨大な火竜《グラン・ファフニール》』討伐といきたいところだけれど……、実はまだ武器が完成していないんだ」

ロランは申し訳なさそうに言った。

「おや、そうなのですか？」

「うん。だからまずは『巨大な火竜《グラン・ファフニール》』討伐用の武器を決めなければならない」

「では、まず装備の選定と調整ですね。ロランさんの鑑定で……」

２人は部屋を移して鑑定作業に入った。

【ジル・アーウィンのステータス】
腕力《パワー》：１０５－１１０
耐久力《タフネス》：１１５－１２０
俊敏《アジリティ》：１００－１０５
体力《スタミナ》：１９５－２００

「うん。よくステータスを維持してる。ちゃんと僕の言い渡した訓練メニューをこなしていたようだね」

「はい。ロランさんに再会した時、恥ずかしくないステータスでいられるように……」

「よし。それじゃあ、続いて装備の適応率を見ていこうか」

「はい」

ジルは『青鎧《リフレクト・アーマー》』や『火槍《ジャベリン》』を1つ1つ装備していって、それぞれの適応率をロランに鑑定してもらう。

(あ、ヤダ。どうしよう)

ジルは久しぶりにロランに鑑定されて、胸が高鳴るのを感じた。

ロランの瞳に見つめられるだけで、今まで彼から与えられてきた痛み、苦しみ、そして悦《よろこ》びが思い出されてきて体が熱を帯びてくる。

(私ったら……、まだ鍛錬も言い渡されていないっていうのに。でも……)

ここ数ヶ月、ジルはロランから手紙で送られてくる訓練メニューだけを心の糧に生きてきた。

ロランにしごかれていると思いながら訓練をこなすことで自らを慰めていたのだが……。

(やっぱり本人が近くにいるのといないのとでは大違いだな)

こうしてロランに見つめられているだけでも、悪戯《いたずら》されているような気分になってしまう。

ロランに叱られる感覚を思い出して、背中にゾクゾクと悪寒が走り抜ける。

(ロランさん。今度は一体どんな過酷な鍛錬を……。ああ、早く私をいじめてくださいロランさん)

「ジル……、ジル？」

「ふぁ、ひゃいっ!?　な、なんでしょう」

ジルはロランに呼びかけられて、ハッとした。

「鑑定、終わったよ。僕はこれから鑑定結果を基《もと》に錬金術師と打ち合わせするから。もう休んでていいよ」

「……はい」

ジルは自分の内側に生じたはしたない劣情に気付かれないよう、そそくさとその場を後にするのであった。


ロランはその後、『精霊同盟』の会議に出席した。

議題は次回のダンジョン探索についてである。

会議の場には、いつものメンバーに加えて、『黒壁の騎士』サイモン、『紅砂の奏者』レイ、『城砦の射手』ロベルトも加わっていた。

「さて、みんなもうすでに聞き及んでいることとは思うが、先ほど『金色の鷹』のSクラス重装騎士ジル・アーウィンが島に到着した。そこで次回の探索では『巨大な火竜《グラン・ファフニール》』を討伐しようと思っている」

会議の場はなんとも言えない緊張感に包まれた。

Sクラス冒険者と共同でダンジョン探索したことのある者などそうはいない。

誰もが合わせることができるのかどうか不安だった。

「目標がSクラスモンスターである以上、こちらもSクラスのジルを中心に作戦を練るのが順当かと思うが……」

「ま、当然だな」

レオンが代表するように口火を切った。

「それで？　俺達はどういう風にジル・アーウィンに合わせればいい？　当然、Sクラスとなりゃあ合わせるのも一筋縄ではいかないんだろう？」

「うん。まず、ジルは体力《スタミナ》が規格外に高い。一日中走り回っていてもほとんど疲れないくらいだ。彼女の体力《スタミナ》を持て余さないためにも、最低でも俊敏《アジリティ》40の速度で行軍する必要がある」

「俊敏《アジリティ》40……。それはえげつねえな」

通常、ダンジョンを行軍する速度は俊敏《アジリティ》20ほどだと言われている。

それが疲れを翌日に持ち越さない行軍速度なのだ。

しかし、ジルと一緒にダンジョンを探索する際には通常の2倍の速さで行軍しなければならない。

「そしてもう1つ重要な要素として、ジルはなるべくダメージを受けた方がやる気が出るタイプだ」

「なるほど。ダメージを受けた方がやる気が出るタイプか。そうなると……ん？」

レオンは自分の発している言葉に違和感を覚えて思わず一瞬考え込んでしまう。

「……すまんロラン。もう一度言ってくれ。ジル・アーウィンはどういうタイプだって？」

「ああ、すまない。分かりにくかったね。ジルはなるべく攻撃を受けた方がやる気が出るタイプなんだ。それも踏まえてなるべく彼女に負担がいくよう戦闘を組み立てる必要がある」

「そ、そうか。なるほど。なるべくジルに負担がいくように……」

「それで具体的な方法だけれど……」

レオンはロランの説明を聞いたものの、まだ頭が理解に追いついていなかった。

（ダメだ。何度頭の中で繰り返しても理解できねぇ。みんな今の説明で理解できたのか？会議普通に進んでるけど……。理解できていない俺の方がおかしいのか？）

レオンが心配せずとも、誰もがロランの言っていることが理解できていなかった。

ただ、誰もが「あとで他の人に聞けば分かるだろう」と思っていたので、それがバレないよう話を合わせて会議は進んでいくのであった。

リゼッタのユニークスキル

ジルが『精霊《せいれい》の工廠《こうしょう》』支部にたどり着く少し前、リゼッタはロランから言い渡された課題をクリアしようとしていた。

「ふぅ。あと少しで出来そうね」

リゼッタは鍋の蓋を開けて、中に入った液体が煮えるのを見ながら言った。

その際、立ち上ってくる湯気を吸い込まないようにマスクとゴーグルを着用するのも忘れない。

(まさか私にこのようなスキルがあるとは)

リゼッタはロランとのやり取りを思い返す。

一週間前、リゼッタはロランに呼び出された。

「お呼びでしょうかギルド長」

「ああ。入ってくれ」

ロランはリゼッタを室内に招き入れて、椅子に座るよう勧めた。

「『精霊《せいれい》の工廠《こうしょう》』に入って数週間、君もここでの働き方に慣れてきた頃だろう。そろそろ重要な仕事を任せてもいい頃かなと思ってね」

（来た！）

リゼッタは待ってましたとばかりに身構えた。

アイナの下で働きながら、リゼッタは常にロランからの視線を意識していた。

あまり工房《アトリエ》に顔を出さないように見えて、彼はいつも職員の働きぶりをつぶさに観察している。

リゼッタはいつ彼に見られても恥ずかしくないよう全力で取り組んでいたつもりである。

そうしてついにその努力が実ろうとしていた。

「実はもうすぐ『冒険者の街』からジルがこの島にやってくる予定なんだ」

「ジル!?っていうとSクラス重装騎士ジル・アーウィンですか？」

「そう。それで彼女のために装備を作る必要がある」

「……」

「その装備の開発リーダーを誰にしようか悩んでいるんだが……。リゼッタ、どうかな？もし君にやるつもりがあるなら任せてもいいと思っているんだけど……」

「やります！」

リゼッタはほとんど迷うことなく言った。

「生半《なまなか》なことじゃないよ？　やるからには『火槍《ジャベリン》』を超える装備を作ってもらう必要があ

る」

「もちろん。望むところです！」

「よし。それじゃあ……」

【リゼッタ・ローネのユニークスキル】

『劇薬調合』：E→A

『統合設計』：E→A

「まずはポーションの作り方を勉強するところから始めようか」

それから一週間、リゼッタは半信半疑になりながらもポーション作りに取り組んでみた。ポーションが上手《うま》く作れるようになってからは、マジックポーションや毒薬、爆薬などにも手を伸ばしていった。

すると、みるみるうちに製薬の技術は向上していき、今では微《かす》かな匂いを嗅いだだけで薬品の種類を当てられるようになったし、同じ分量の材料でも人より効き目の強い薬品を作れるようになった。

【『劇薬調合』の説明】

このスキルを使って薬を調合すると、通常よりも効き目の強い薬ができあがる。

今も『破裂剤』と呼ばれる特殊な薬品を作っているところだった。

(よし。いい感じね)

薬の出来具合を確認したリゼッタは、鍋の火を止めて中身を薬品用の瓶に入れる。

そしてあらかじめテーブルの上に載せていた竜皮に一滴垂らした。

すると分厚い竜の皮は表面がブクブクと膨らんで、破裂した。

(今までで一番の出来。あとはロランさんに鑑定してもらうだけ)

「ロランさん。『破裂剤』のAクラス、完成しました」

「本当かい？　よし見てみよう」

ロランは早速、リゼッタの作った『破裂剤』を鑑定した。

【破裂剤のステータス】
毒：A

【リゼッタ・ローネのユニークスキル】

『劇薬調合』：A（↑4）

「ん。確かに『破裂剤』Ａクラスになってるね。君のユニークスキル『劇薬調合』もＡクラスになってる。よくやった」

「はい。ありがとうございます」

　ロランはリゼッタの成長の速さに感心した。

（スキルの方向性を示すだけで自力でここまで成長するとは。凄《すさ》まじい向上心だ。やはりリゼッタを抜擢《ばってき》したのは正解だったな）

「よし。それじゃあ、予定通り君を『巨大な火竜《グラン・ファフニール》』討伐装備の開発リーダーに任命する。早速、打ち合わせしよう」

　ロランとリゼッタは会議室へと移った。

「現状、確認されている『巨大な火竜《グラン・ファフニール》』の特徴は６つ。広範囲に炎を吐きかける『津波のような火の息《グラン・ブレス》』。一瞬で上空に飛び立つ機動力。軟体を活《い》かした回避。岩を纏《まと》う防御。視野の広さ。巨体を活かした物理攻撃」

「むむ。なるほど。攻撃、防御、回避。いずれも隙がない感じですわね」

「これだけの総合力を持つモンスターだ。倒すにはこの工房《アトリエ》のユニークスキルを総動員する必要がある。そこで君のユニークスキル。『統合設計』の出番だ」

【『統合設計』の説明】

複数のユニークスキルを組み合わせた設計図を作成できる。


「ユニークスキルを使う感覚はその使用者にしか分からない。そのため、複数人のユニークスキルを高度に組み合わせて、装備を作るのは難しいとされている。だが、君のユニークスキル『統合設計』を使えば、各人のユニークスキルを組み合わせて、それぞれの長所を殺すことなく、装備を作る方法を編み出せるはずだ」


【リゼッタ・ローネのユニークスキル】

『統合設計』：E→A

「今回はこの『統合設計』を核にジルの装備製作を進めていくよ」

「ユニークスキルを組み合わせて装備を作る方針については理解しました。あとはジルさんに合った装備ですね。ジルさんのスキル・ステータスの特徴と装備の方向性について教えていただけますか」

「うむ。それじゃあその2つについて検討していこう」

ロランはリゼッタにジルの特徴を伝えた。

全ての基礎ステータスが100以上。

特に耐久性・体力《スタミナ》が非常に高く、『巨大な火竜《グラン・ファフニール》』からの攻撃でも、それが物理攻撃である限り、多少食らってもビクともしない防御力を持っている。

そのため、防御においては『津波のような火の息《グラン・ブレス》』を防ぐことに重点を置き、爪、牙、尻尾の叩《たた》きつけなどの物理攻撃については多少ダメージを受けてもいい。

攻撃に際しては、敵の素早さを考慮して、一撃で大ダメージを与えるより着実に小ダメージを重ねられる軽さと手数を重視した装備にすること。

以上のロランの鑑定結果を受けて、リゼッタは設計図作成に取りかかった。

この工房《アトリエ》に所属する錬金術師のユニークスキルをつぶさに調べ、ジルの装備案を以下のようにまとめる。

『津波のような火の息《グラン・ブレス》』は『魔石切削《カッティング》』で極限まで磨き上げられた『火弾の盾』で防ぐ。

物理攻撃については『外装強化《コーティング》』二枚重ねの鎧《よろい》でダメージを軽減。

攻撃装備については刺突重視の剣で威力よりも軽さと手数を重視する。

剣には『劇薬調合』で作った猛毒を塗り付けて、小ダメージと毒状態で『巨大な火竜《グラン・ファフニール》』の体力《スタミナ》を削り仕留めること。

これらの案を見たロランはいたく満足した。

（うん。よく出来てる。流石《さすが》リゼッタ。早くも『統合設計』のコツを摑《つか》んだみたいだな）

【リゼッタのユニークスキル】
『統合設計』：B（↑3）

アイナとウェインにも見せたところ、いけそうなので装備製造のゴーサインを出す。

ロラン達《たち》が着々と『巨大な火竜《グラン・ファフニール》』討伐に向けて準備を進めている頃、『竜の熾火《おきび》』でもエドガーが『精霊《せいれい》の工廠《こうしょう》』から顧客を取り戻すべく動き始めていた。

流石のエドガーも非難に晒《さら》されていた。

メデスを利用するだけ利用し、裏切るような形で告発したというのに、肝心の外部ギルドからの注文を逃してしまうとはなんたることか！

就任して間もないにもかかわらず、新ギルド長は瀬戸際に立たされ、自身の進退を賭けて『精霊同盟』と戦うことを余儀なくされた。

とはいえ、『竜の熾火』にとって、もはや頼りとなるのは『白狼《はくろう》』しかいない。

『竜の熾火』としては『白狼』に新装備を提供し、『精霊同盟』を撃破させることで、挽《ばん》回《かい》するほかなかった。

そうして現在、会議室にてジャミル達がやってくるのを待っているところである。

会議室にはエドガー、シャルル、ラウルの3人がいたが、先ほどから微妙な空気が流れていた。

「お前ら、分かってんだろうな。これはギルドの命運を賭けたプロジェクトだぞ。気合入れていけよ」

「……」

エドガーが話しかけるも、ラウルは賛同を示すでもなく、さりとて反意を示すでもなく、曖昧な態度を取っていた。

実際、彼の立場は微妙なところだった。

エドガーのギルド長としての仕事ぶりは、メデスよりもはるかに劣っていた。

なんやかやでメデスの担っていた役割は大きく、いなくなってから様々な面で支障をきたしていた。

エドガーでは内務を捌《さば》ききれず、すでに様々な面で業務は滞っていた。

そのため本当はエドガーのやり方に反意を示したいところだが、一方でエドガーのクーデターに参加して現体制を築く立役者の1人になってしまったのもまた否定できない事実である。

そのため、今さら大っぴらに反エドガーの旗振り役になるというのも、なんとも格好がつかないことだった。

ドアがノックされる。

「『白狼』の皆様がお着きになりました」

受付係の声だった。

「よし。通せ」

エドガーがそう言うと、ジャミル、ロド、ザインの3人に続いて、意外な人物が入ってきた。

「なっ、テメェは……、ギルバート!?」

「よっ、ラウル。久しぶり。元気してた？」

ギルバートはひょうきんに返した。

「？　なんだお前ら。知り合いなのか？」

ジャミルが意外そうに聞いた。

「知り合いも何も……、テメェよくも俺の前にノコノコ顔を出せたもんだな」

「顔を出すに決まってんだろ。俺は『白狼』の装備調達担当なんだから」

「ハァ!?」

ラウルはジャミルのことを正気を疑うような目で見る。

「そいつの言う通りだぜ。これからギルバートにはウチの装備調達の窓口を担当してもらう」

「ギルバートは元『金色の鷹《たか》』のメンバー。つまりロランのことをよく知っているということだ。『精霊同盟』と全面対決するに当たってこれほど頼りになる奴《やつ》もいまい」

「なっ。本気か!?」

「ま、そういうことだ。よろしく頼むぜラウル。過去のことは水に流してな」

そう言った上でギルバートはラウルに小声で耳打ちした。

「どうせおたくらもう『白狼』に頼るしかないんだろ？　客失っちゃってさ」

（こいつ……）

ギルバートはすでに『竜の熾火』のメンバーの性格を把握していた。

その上、スキル『扇動』Aもあるので、どのように煽《あお》れば各人を動かせるかもよく分かっていた。

「さて、『精霊同盟』を倒す方法についてだが、俺にいい案があるんだ。『黒弓』を使ったいい案が」

「ほう。『黒弓』を……」

ギルバートの提案にエドガーが興味を示す。

「ま、仲良くやろうぜ」

「へっ。ま、よろしくな」

ギルバートとエドガーは固く握手を結んだ。

そうして2人は商談と『精霊同盟』を倒す算段について話し合っていく。

「ここをこうして、こうやってだな」

「おおー。なるほどいいね」

ギルバートとエドガーは妙に意気投合した様子で他の5人を置き去りにし、話を進めていった。

意見のすり合わせ

『精霊《せいれい》の工廠《こうしょう》』ではリゼッタ指揮の下、ジルの装備製作が始まっていた。

『火弾の盾』、二重外装強化《コーティング》の鎧、そして銀の毒剣。

『火弾の盾』も二重外装強化《コーティング》の鎧もすでに製作実績があるため、特に問題なく取り掛かれる。

残るは銀の毒剣だけだった。

銀の毒剣は最も複雑な製造工程になっていた。

まずリゼッタが銀剣の型を作り、ウェインが『魔石切削《カッティング》』で重さを減らす。

そして、アイナが刀身に赤い『外装強化《コーティング》』を施して完成である。

この剣の難しいところは、刀身に毒を行き渡らせるため、溝が掘られているところだった。

この溝があるがためにその機構は複雑を極めていた。

しかも『火弾の盾』と『青鎧《リフレクト・アーマー》』に重さを割いているため、ギリギリまで重さを切り詰めなければならなかった。

設計上では問題ないはずだったが、製作にあたって少しでも誤差が生じれば破綻する。

ウェインがどこまで軽量化を緻密にこなせるかに全てはかかっていた。

(さて、どうなるか)

リゼッタはウェインが軽量化工程を終わらせるのを待った。


「ちょっとウェイン。どういうことよ、あの剣！」

ウェインが休憩室で一息ついていると、リゼッタの怒声が響いてきた。

「あん、リゼッタ？　どうしたんだよそんなにいきり立って」

「どうもこうもないわよ。設計図の内容と全然違うじゃないのよ」

リゼッタは机に設計図をバンと叩き付ける。

「これじゃあ、刀身に毒薬を行き渡らせる仕組みが台無しになるでしょう？」

「ああ、そのことか」

ウェインは事もなげに言った。

「それならこっちの方が軽くできるからこれでいいんだよ。直しとくぜ」

ウェインは設計図に新たに線を書き込む。

「なっ。何勝手に修正してんのよ。この装備の開発リーダーは私なんだから、私の言う通りにやりなさいよ」

「いや、だからこっちの方がいいんだって」

「それじゃあこの装備のコンセプトが崩れるのよ」

その後、2人は言い争いをしたが、一向に話は噛《か》み合わなかった。

リゼッタが設計図に従えと言えば、ウェインは設計図の方が悪いと返す。

ついには、リゼッタがアイナに苦情を入れる事態にまで発展した。

(うーん。困ったな)

アイナはロランに相談することにした。

「ウェインとリゼッタが言い争ってる?」

「ええ。設計図通りに作るか、修正するかで対立しているみたいです」

「そうか。そんなことが……」

「どっちの言うことにも一理あるように思えて。どうしたらいいんでしょう?」

(リゼッタの『統合設計』はBクラス。3人分のユニークスキルを統合するにはまだ何か越えなければいけない壁があるということか)

「よし。分かった。それじゃあみんなでウェインの作業を見てみよう。それで何か分かるかもしれない」

ロランはリゼッタとアイナを伴って、ウェインの作業を見ることにした。

元々の設計図でウェインに好きなようにやらせてみる。

リゼッタは不満気にしながらもウェインの作業を見守った。

ウェインもバツが悪そうにしながらも銀の剣を削っていく。

そうして見ていると、ウェインの作業が想像していたのと大きく違うことにリゼッタは気づいた。

(あ、分かったかも)

ウェインが一度の作業で行う切削は思いの外大削りだった。

これだけ削るとなると、確かに現行の設計図のように形を整えるのは厳しいように思えた。

やがてウェインの作業が終了する。

「ほらな。こうやって削っていくと結局この形に……っておい」

ウェインがいい終えるのも待たず、リゼッタは部屋を飛び出していた。

その後、リゼッタは設計図を書き直してウェインの下に持ってくる。

その設計図を見たウェインはハッとした。

設計図を見ただけで、完成した剣の姿が浮かび上がってくる。

(ここまでくっきり完成品をイメージできたのは初めてだ。これが『統合設計』の真価……)

実際に作業してみたところ、ピッタリその通りの設計に出来上がる。

【リゼッタ・ローネのユニークスキル】

『統合設計』：A（↑1）

（リゼッタは壁を越えられたようだな。これで銀製の毒剣も作れる）

『精霊《せいれい》の工廠《こうしょう》』がリゼッタとウェインの問題をクリアしている頃、『竜の燠火《おきび》』でも逆転を賭けて『白狼《はくろう》』用に装備が作られていた。

Bクラス以下の冒険者しかいない『白狼』で、どのようにしてSクラス冒険者ジル・アーウィン率いる『精霊同盟』に対抗するか。

（しのごの迷ってても仕方ねぇ。もう後がねえんだ。どれだけ勝ち目が薄くても可能な限り、ジャミル達《たち》の装備を強化するしかない！）

久しく自分より強い敵と戦ったことのないラウルだったが、それでも必死に知恵を絞り出してどうにか案を思い付く。

（これだ。これしかない！）

ラウルの案は以下のようなものだった。

『竜頭の籠手《ドラグーン》』の強化は頭打ちになっている。

そこで『魔法細工』は捨て、彼の残りのスキル『銀細工』Aを活《い》かし、銀製の短剣《ダガー》、及び長剣、鎧《よろい》、弓矢を作り、『製品設計』Aによって適合率を極限まで上げる。

ラウルはこの案をギルド長であるエドガーに提出した。


「うーん。却下」

「は?」

エドガーの言葉にラウルは思わず間の抜けた返事をしてしまう。

「だから却下だって。やり直してこい」

「なっ、待てよ。この案の一体どこに問題があるんだよ」

「問題?ったく、しょうがねぇなぁ」

エドガーは面倒くさそうにラウルに向き直る。

さも、いちいち説明しなけりゃわかんないかね、とでも言いたげに。

「ここ。この『適合率を可能な限り上げる』。なんだよこの項目は?」

エドガーはトントンとペンで紙を叩《たた》きながら言った。

「こんなことしたら、コストが嵩《かさ》んでしまうだろ? こんな利益率の低い製品、ギルド長として承認できるわけねーだろ」

「なっ、利益率って。そんなこと言ってる場合じゃねーだろ。今は少しでも『白狼』を強化しねーと」

「とにかく却下だ。今すぐ書き直してくるように」

「なっ、テメ」

「まあまあ」

ラウルがエドガーに摑《つか》みかかりそうになったところで、シャルルが割って入ってきた。

「今はギルドが大変な状況なんだから。ここはみんなで協力していこうよ。ねっ？」

「くっ……」

その後、シャルルが間に入ることでラウルの案を修正していった。

しかし、それは意見を擦り合わせて協力するとか力を合わせるといった類《たぐい》のものではなく単なる企画の骨抜きであった。

こうしてラウルの案を無力化する一方で、エドガーは自身の案『黒弓・改』にはふんだんに予算を注《つ》ぎ込んでいた。

（よし。これで成功すれば、手柄は俺のもの。失敗すれば、ラウルに責任を押し付けられるぜ）

ギルド長としての地位が不安定になる中、エドガーとしては下手に自分より手柄を上げる者を出すわけにはいかなかった。

そのためには自分より実力のあるラウルをいざとなれば追放できるよう、口実を作っておくのが先決だった。

まったくエドガーのような上司にかかれば、どんな天才的な部下も形無《かたな》しである。

探索と適合

リゼッタのユニークスキルが覚醒して数日後、ついに対『巨大な火竜《グラン・ファフニール》』用のSクラス装備が完成した。

それを受けて、ロランは『精霊同盟』を招集する。

『精霊同盟』加盟ギルドは、続々ダンジョン前広場へと集まってくる。

『火弾の盾』、二重『外装強化《コーティング》』の鎧、銀製の毒剣を身に着けたジルは、軽く体を捻《ひね》ったり、剣を振ったり、盾を構えたりしてその使用感を確かめてみる。

「ふむ。軽いですね」

「今回の戦いでは小回りが利くことが重要だからね」

ロランが答えた。

「『破竜槌《はりゅうつい》』はどれだけ耐久性の高いモンスターでも一撃で粉砕する威力を持っているが、『巨大な火竜《グラン・ファフニール》』のような回避能力の高い敵に対しては相性が悪い。大振りの一撃よりも、フットワークの軽さで的確にダメージを重ねていくこと、それが今回のコンセプトだ」

「なるほど。持久戦ですね」

「うん。だから長期戦になる。その分ダメージを受ける時間も長くなるから、覚悟しておいてね」

「は、はいっ」

ジルは頬をポッと赤らめながら言った。

ジルへの装備受け渡しを終えた後、ロランは自身の新装備を身に着けていた。

「どうですか？　ロランさん」

アイナはロランが鎧を着るのを手伝いながら聞いた。

「うん。ピッタリだよ」

ロランは鎧の着心地を確かめながら言った。

「まさか僕の分まで装備を作ってくれていたとは」

「『巨大な火竜《グラン・ファフニール》』と戦う以上、ロランさんにも二重『外装強化《コーティング》』の鎧が必要かなと思って」

「はは、確かに。育てるのに夢中で、すっかり自分の装備について考えるのを忘れていたよ」

ロランは苦笑しながら言った。

アイナはロランの姿をまじまじと見つめる。

（よかった。ちゃんと似合ってる）

ロランが鎧を身に着けた姿は、アイナの想像通りのものだった。

（ロランさんの鎧姿、かっこいい。一生懸命作ってよかった）

たとえ想《おも》いは届かなくとも、どんな形でもいいからロランの支えになりたかった。

ふと、ロランはアイナの方に向き直る。

「ありがとうアイナ。これで僕も『不毛地帯』の奥深くまでジルの探索をサポートすることができる」

「いえ、そんな。私はロランさんの助けになれればそれで……」

「まあ、ロランさん。強化装備が必要なら、私のユニークスキルだって……。んぶっ」

リゼッタがアピールしようとしたところをアイナは押さえ込んで遮った。

「ロランさん、どうかお気を付けて」

「うん。行ってくる」

全ての新装備をチェックし終えたロラン達は、そのままダンジョンへと入っていった。

アイナはロランの背中が見えなくなるまで、その後ろ姿をずっと見つめ続けた。

ダンジョンに入ると、『精霊同盟』は疾風のような速さで『裾野の森』を進んでいった。

行軍速度はジルに合わせていつもの2倍！

『メタル・ライン』にたどり着くまでについて来られる者と来られない者とを選別する算段だった。

やがてロラン達は『メタル・ライン』へとたどり着く。

案の定、部隊の一部に疲労や不調を訴える者が出始めたので、ロランはそれらの脱落組をまとめて街に送り返す。

「なぁ、ロラン。ジルのことだが……」

脱落組の護送処理をしながら、レオンが聞いてきた。

「攻撃を受けた方がやる気が出る。あの意味がイマイチ分からねぇんだが」

「大丈夫だよ。一緒にいればすぐ分かる」

『精霊同盟』は探索を再開した。

ジルを先頭に軽快に飛ばしていく。

すると、すぐに空の向こうから『火竜《ファフニール》』が現れる。

ジルは翼はためかせ、空を悠々と飛ぶ巨大な生物を視界に捉えた。

(!? あれが『火竜《ファフニール》』か)

『火竜《ファフニール》』もジルを視界に捉える。

トカゲ類特有の眼球運動で瞳をギョロめかせ、目の端でジルを睨《にら》み付けると、『火の息《ブレス》』を吐きかける。

ジルは『火弾の盾』で受け止めるが、火の海に呑《の》まれてしまう。

周囲の植物は焼き尽くされた。

（くうっ。これが『火竜《ファフニール》』の『火の息《ブレス》』か。なんて熱さだ。『火竜《ファフニール》』の『火の息《ブレス》』でこの熱さなら……、『巨大な火竜《グラン・ファフニール》』の『火の息《ブレス》』はもっと激しいんだろうな？）

『火の息《ブレス》』の高温を一頻《ひとしき》り体感したジルは、跳躍して、火の海から飛び出した。

『火竜《ファフニール》』の眼前まで到達すると、その頭部に銀の剣を突き立てて、一撃で倒してしまう。

そのまま『火竜《ファフニール》』の背中に乗り移って、地面まで着陸する。

「ジル、大丈夫か？」

ジェフが駆け寄ってきた。

「ああ。私は無事だ」

ジルはどこか満足気な様子で言った。

「……本当に大丈夫なのか？　もろに『火の息《ブレス》』を受けたように見えたが……」

「ああ。むしろ調子が上がってくるのを感じるよ」

「お、おう。そうか。それなら良かった」

2人がそんなやり取りをしていると、ざわめきと戦闘音が聞こえてきた。

ロラン達《たち》のいる方向からだ。

どうやらモンスターの地上部隊に襲撃されているようだ。

敵の中には、ここからでもその巨体が見える『岩肌の大鬼《ロックオーク》』が交じっていた。

「あれは『岩肌の大鬼《ロックオーク》』か？ってておい」

ジェフが敵を見定める間もなく、ジルは駆け出していった。

『岩肌の大鬼《ロックオーク》』を含むモンスターの一隊に襲われた『精霊同盟』は、若干の混乱に見舞われていた。

エリオはいつもよりもたつきながらも、どうにか『岩肌の大鬼《ロックオーク》』の前に躍り出る。

「ここは俺に任せろ！」

（くっ。『岩肌の大鬼《ロックオーク》』。いつもながらデカイな）

とはいえ、引き下がるわけにはいかない。

ここで自分が引き下がれば、後衛が打撃を受けることになる。

（痛いのはいやだ。でも、みんなを守るためなら俺は……）

『岩肌の大鬼《ロックオーク》』が棍棒《こんぼう》を振り下ろすモーションに入る。

もはや一刻の猶予もなかった。

エリオは『盾突撃』の体勢になる。

しかし、そこで突然、赤い影が割り込んできた。

「えっ？」

エリオは急ブレーキをかけた。

『岩肌の大鬼《ロックオーク》』の棍棒は割り込んできた赤い影、ジルに命中する。

「ふう。間に合った」

「ジ、ジル？　何を……」

ジルは岩棍棒を背中で受け止めたまま、エリオに微笑《ほほえ》みかける。

「ここは私に任せろ」

「えっ？　いや、でも……」

「いいから。君は反対側の敵を押し返しにいくんだ」

「いや、しかし……」

（そんなことをすれば、ジル、無駄に消耗するのは君なんだぞ？）

ジルはわざわざ背中で敵の攻撃を受けていた。

このまま戦いを続ければ不利な体勢を強いられる。

エリオは助けを求めるようにロランの方をチラリと見た。

ロランは「構わん。ジルに任せておけ」と身振りで示す。

「じゃ、じゃあジル。ここは君に任せるね？」

「ああ、任せておけ」

エリオが離れると、案の定、『岩肌の大鬼《ロックオーク》』の棍棒が1人になったジルに雨霰《あめあられ》と振り下ろされることになった。

（くうぅ。これが『岩肌の大鬼《ロックオーク》』の攻撃。なんて威力だ。それはそうともう少し威力を上げられないか？ 私はまだ全然耐えられるんだが？）
ジルが心の中で応援するのも虚《むな》しく、『岩肌の大鬼《ロックオーク》』は後ろに飛び下がった。
いくら攻撃してもびくともしないジルを不気味に感じたからだ。
仕方なく、ジルは振り返り追撃した。
一瞬で間合いを詰めて、『岩肌の大鬼《ロックオーク》』の心臓を貫く。
このような好機を逃すほど彼女は甘くなかった。
ジルの後ろで『岩肌の大鬼《ロックオーク》』にオタオタしていた冒険者達はポカンとしていた。
何が起こったのか全く分からない。

『白狼』の抵抗

『岩肌の大鬼《ロックオーク》』との戦闘を終え、ロランが部隊の消耗をチェックしていると、突然、ジルが進み出てきた。

「ロランさん！」

彼女は肩を手で押さえ、顔をしかめて、呼吸は荒くいかにも苦しげな様子だった。

「おお、ジル。おつかれ。さっきの動き良かったよ」

「はい。ありがとうございます。ところで……」

「ん？」

「先程の戦いでダメージを受けてしまいました。少し休ませていただけませんか？」

「ダメに決まってるだろ？」

ロランが声のトーンを若干落として言った。

「はうっ」

ジルはビクッと震えた。

叱られて萎縮したにしては、痙攣《けいれん》したような妙な震え方だった。

「後ろに下がるのは許さない。最前線で戦い続けるんだ」

ジルは背中にゾクゾクと快感が走るのを感じた。

（あああ、ロランさん。なんて冷たい）

「……わかりました。隊長の命令は絶対。ロランさんの言う通りにします」

そう言ったかと思うと、ジルはダンジョンの先へ向かって走り出した。

（ううっ。傷つき消耗した私を戦わせ続けるなんて。ロランさん、あなたという人は……、最高ですっ）

レオンは2人のやりとりを聞いて愕然《がくぜん》としていた。

（消耗してるなら後ろに下げて休ませるべきじゃ……。え？　なんで？）

ロラン達がダンジョンを進んでいると、不意に部隊の後ろの方から砲撃音が聞こえてくる。

「敵襲！『白狼《はくろう》』だ」

（来たか！）

ロランは後ろから聞こえる声に反応して、すぐに敵の攻撃意図を察知し、部隊に配置につくよう命じた。

まだロランのやり方に慣れていない外部冒険者達もいたので、いつもより手間がかかってしまった。

その間にも2発、3発と『竜頭の籠手《ドラグーン》』が撃ち込まれる。

地元冒険者達は外部冒険者らの手際の悪さにイライラする。

今となっては地元と外部の立場は逆転していた。

(下山中ではなく、登りで仕掛けてきた。鉱石は奪えないと見て、『巨大な火竜《グラン・ファフニール》』討伐を阻止してきたか)

ロランはさらに敵の攻撃を観察して、狙いを見定めようとした。

『白狼』が攻撃を集中させているところ。

それは主に動きの鈍い外部冒険者のいるところ。

とりわけ、アイク、リズ、アーチーのいる場所だった。

3人はまだ慣れない装備を身に着けてステータスが乱れている。

【アイク・ベルフォードのステータス】
腕力《パワー》：40（↓30）－100

【リズ・レーウィルのステータス】
俊敏《アジリティ》：40（↓30）－100

【アーチー・シェティのステータス】
腕力《パワー》：40（↓30）－100

（ステータス調整中のアイク達をピンポイントで狙ってくるとは。柔軟に作戦を変えてくるところといい、弱点を的確に突いてくるところといい、流石《さすが》だな。だが、今、こっちにはジルがいる！）

ロランが前線の方に目を向けると、命じるまでもなくジルが『白狼』目掛けて急勾配の崖を駆け上がっていた。

「うおおおおっ」

（あれが悪名高い『火竜の島《ファフニール》』の盗賊《シーフ》集団か。そして、魔法攻撃を強力にする『竜頭の籠手《ドラグーン》』。なんて素晴らしい、いや、なんて恐ろしい装備なんだ。ここは私が先陣を切って戦いを挑むしかない！）

崖の上にいる盗賊《シーフ》達もジルの存在に気付いた。

「ジル・アーウィンが来るぞ」

「よし。手筈《てはず》通りにしろ」

（来るか!?）

いよいよジルが崖の上に駆け上り、『白狼』の最前線に到達したその時……。

盗賊達《シーフたち》は背を向けて、逃げ始めた。

（……は？）

激しい集中攻撃に晒《さら》されると予想していたジルはポカンとする。

（あっ、マズい）

ロランはこの時になってようやく自身のミスに気付いた。

「ジル。何をやっているんだ。早く敵を追撃しないと」

「えっ？　あ、はい」

ジルは慌てて逃げていく『白狼』を追いかけるが、追い付かれた盗賊《シーフ》達はあっさりと降伏していく。

（なんだぁこいつら？）

ジルは呆気《あっけ》に取られる。

結局、ジルは『白狼』の盗賊《シーフ》数名を捕虜にしただけで終わる。

（最悪だ）

ロランは青ざめる。

ジルのモチベーションはダメージを受けることなので、逃げていく敵に対しては士気が下がってしまう。

そのため『白狼』はジルにとってある意味で最も相性の悪い相手だった。

その後も『白狼』からの攻撃を受ける度にジルがすかさず反応するが、すぐに撤退する敵に肩透かしをくらい続ける。

ジャミルも異変に気付いた。

(なんだ？　ジル・アーウィンの追撃がヌルい？)

【ジル・アーウィンのステータス】
腕力《パワー》：85（↓20）－110
耐久力《タフネス》：95（↓20）－120
俊敏《アジリティ》：80（↓20）－105
体力《スタミナ》：175（↓20）－200

(これは!?　ジル・アーウィンのステータスが不調を来している？)

ジャミルは思案した。

自分達が逃げ出したことに対する彼女のリアクション。

キョトンとするとともに何か戸惑っているようでもあった。

(理由は分からないが、俺達のヒット&アウェイ戦法が有効に働いている？　それなら……あえてジルのいる場所を狙ってみるのも手か？)

ロランの方でもジルのステータス低下に気付いていた。

（ジルのステータスが下がっている。あまりに手応えのない相手に調子が狂うと共にやる気を無くしているんだ。何か対策を考えないと）

そうこうしているうちにまた『白狼』が奇襲してきた。

ジルはついに『白狼』に攻撃することすらやめてしまう。

「ジル、何やってるんだ。反撃しないと！」

「はーい。やってますよ～」

ジルはいかにも義務的に『白狼』の方に走っていく。

（はぁ。なんだよコイツら。戦いもせずに逃げるとか。しょうもな。ロランさんもロランさんだよ。私が求めているのはこんなのじゃないって分かっているでしょうに）

（よし。ここだ）

ジャミルはジルのいる方に向けて、部隊内で最も弱い者達を差し向けた。

ロランは青ざめた。

（なっ、おい、やめろよ）

（うーわー。また弱そうなのが来た）

ジルはいかにも面倒くさそうに敵を倒していく。

そのせいで『白狼』の攻撃時間は長くなってしまう。

どうにか他の冒険者達で『白狼』を追い払うが、同盟全体でジルへの不信感が強まる。

ジルの状態はさらに悪かった。

【ジル・アーウィンのステータス】
腕力《パワー》：75（↓30）－110
耐久力《タフネス》：85（↓30）－120
俊敏《アジリティ》：70（↓30）－105
体力《スタミナ》：165（↓30）－200

（ぐっ。またジルのステータスが……）

ロランは悩んだ。

（せっかく調整してきたジルのステータス、こんなことで崩されるわけにはいかない。どうにかしないと……）

ロランはジルの方に向かっていった。

「ジル、ちょっといいかい？」

「なんですか？」

　ジルは珍しくロランに不満気な顔を向ける。

（ロランさんに怒られるかな？　でも、しょうがないじゃないか。いくら怒られても、やる気が出ないものは出ないし……）

「さっきの『白狼』との戦闘だけど……」

「……」

「よくやった。さすがはＳクラス重装騎士だね」

　ロランはにっこり笑ってそう言った。

「えっ？」

「少し突撃しただけで『白狼』の盗賊達《シーフ》はあっさり逃げ出してしまう。圧だけで敵を敗走させるなんて、ほんと凄《すご》いよ。絶好調なんじゃない？」

「は、はぁ」

（何言ってるんだロランさん……）

　ジルはロランの真意を測りかねて怪訝《けげん》な顔をする。

「君からすれば簡単すぎる敵だったかもね。それじゃ楽勝みたいだし。ちょっと新しいことやってみよっか」

「新しいこと？」

「そう。縛りプレイだ」

「えっ!? し、縛りプレイ?」

ジルの心臓がドキリと飛び跳ねる。

縛りプレイという言葉に不覚にもときめいてしまった。

それまで明らかに白けていたジルの顔色が変わり、頬が朱に染まる。

「今後、『白狼《はくろう》』と戦う時は剣も盾も外して突撃すること。さらに『竜頭の籠手《ドラグーン》』の使い手を第一攻撃目標とすること」

その命令を聞いたレオンは呆気に取られた。

（士気の下がっている奴《やつ》に武器を外した上で『竜頭の籠手《ドラグーン》』に突っ込ませるの!?）

「装備を外した方が俊敏《アジリティ》が上がるだろ？　それでどうなるか試してみよう」

「あの、でもそうなると装甲が薄くなってしまいますが……それは……、いいんですかねぇ？」

ジルは媚《こ》びるような期待するような上目遣いでロランの方を見た。

「うん。いいよ。思いっきり突っ込んでおいで」

『白狼』が再度奇襲を仕掛けてきた。

『精霊同盟』は『弓射撃』の後、『竜頭の籠手《ドラグーン》』の砲撃に晒される。

ジャミルはジルの位置を確認した後、最弱部隊を壁にするべく差し向ける。

「やれやれ。また俺達は『殴られ役』か」

最弱部隊の1人が大儀そうに言った。

「とはいえ仕方ねぇべ。これも仕事仕事」

「だな。まあ、俺達の犠牲でギルド全体が助かってると考えれば……」

「まあ、やるしかないよな」

彼らは自らの立場に苦笑しながらも戦場に向かっていく。

「おっ、早速来たぜ。麗《うるわ》しの重装騎士様が……、ん？　剣と盾を身に着けていない？」

ジルは猪《いのしし》のように最弱部隊に突っ込んだかと思うと、10人ほどまとめて吹っ飛ばした。

その後も千切るように人の壁を払い除《の》け、『白狼』の本隊へと迫っていく。

「ぎゃあああああ」

「ぐふっ。ごふぁっ」

『白狼』の最弱部隊は突如自分達を襲う人知を超えた災害に、ただただ一方的に蹂躙《じゅうりん》されるほかなかった。

「ちょっ、待っ……」

「降参！　降参だぁ！」

「うぎゃあああ」

ダンジョン内でのＰＫ行為においても、降伏する敵に対して過剰な追い討ちをすることは禁じられている。

だが、徒手空拳の範囲で相手を気絶させたり、自由を奪う程度なら許されていた。

そのため、彼らは降伏してもジルによって一方的に嬲《なぶ》られるのであった。


ジャミルは異変に気付いた。

(なんだ!?)

【ジル・アーウィンのステータス】
腕力《パワー》：95（↑20）－110
耐久力《タフネス》：105（↑20）－120
俊敏《アジリティ》：90（↑20）－105
体力《スタミナ》：185（↑20）－200

(なにっ!? ステータスが復調しているだと!?)

「チィ。全軍撤退だ。今すぐ指定地点までバラバラに逃げろ！」

『白狼』は蜘蛛《くも》の子を散らすように逃げ惑う。

しかし、ジルは追撃の手を緩めることなく、逃げ惑う盗賊達《シーフ》を無差別に殴り倒していった。

（『竜頭の籠手《ドラグーン》』の使い手はどこだ？　せっかくロランさんが素晴らしい命令を下さったというのに。それにしても縛りプレイなんて。ハァハァ。新感覚だ。ロランさん、あなたは天才ですか？）

ザインはどうにか戦域から離脱して一息ついていた。

（ふぅ。ここまで来れば安全だ。どうにか逃げ切れたな。しかし、あのSクラスの女。とんでもねぇバケモンだ）

「とはいえ、離脱してしまえばどんな腕力《パワー》も怖くない。結局、このダンジョンでは逃げるが勝ち……」

その時、付近の林から悲鳴が聞こえた。

ザインはギョッとする。

すぐにジルが茂みを突き破って姿を現す。

「見つけたぞ『竜頭の籠手《ドラグーン》』の使い手！」

「なっ、う、うわあああ」

ザインは至近距離からジルに向かって『竜頭の籠手《ドラグーン》』を放った。

炎弾はジルに直撃する。

（や、やったか？）

煙がもうもうと立ち込める。

しかし、その煙を搔《か》き切るようにして、涼しい顔のジルが現れた。

「これが『竜頭の籠手《ドラグーン》』か。なかなかいい一撃だった。ありがとう」

「ひっ、ヒイッ」

ジルはザインの腹を殴った。

ザインは吹き飛び、木の幹に体を叩《たた》きつけられ、血を吐いて、その場にくずおれた。

ロラン達《たち》が地面に倒れたりうずくまったりしている『白狼』の盗賊《シーフ》達を拘束していると、ジルが帰ってきた。

その肩にはザインと『竜頭の籠手《ドラグーン》』が背負われている。

それを見て、『精霊同盟』の冒険者達は沸き立った。

「うおお。すげぇ」

「ついに『白狼』の『竜頭の籠手《ドラグーン》』使いを仕留めたのか」

ジルはそのままロランの前まで来て、ザインと『竜頭の籠手《ドラグーン》』を投げ捨てる。

「『竜頭の籠手《ドラグーン》』の使い手を仕留めてきました」

「よくやったジル。これで探索の安全度はぐんと増すことになる。君のダメージを厭《いと》わない突撃のおかげだ」

「はい。ありがとうございます」

ジルは爽やかな笑顔で応じた。

しかし、その後すぐに頬をほんのり赤くしてモジモジし始める。

「それで、その……ロランさん」

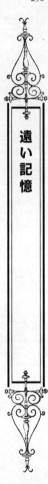

「ん？」

「こうして成果を上げたことですし、そろそろポーションをいただけますでしょうか？」

（まあ、そりゃそうだよな。あれだけの働きをしたんだ。体力《スタミナ》を消耗してもおかしくない）

レオンはそう思って、自分の持っていたポーションを差し出そうとする。

しかし、ロランは見逃さなかった。

ジルの上目遣い。

その瞳の奥に潜む卑屈な期待。

それは彼女がいじめられるのを期待している時の仕草だった。

「何を言ってるんだいジル？」

「えっ？」

「僕は装備の適合率を上げろと言ったはずだよ。全然目標を達成していないじゃないか」

「あ、う……それは……」

（……いや、装備外せって言ったのお前じゃん）

レオンは心の中で突っ込んだ。

「さぁ、ぐずぐずしているヒマはないよ。『巨大な火竜《グラン・ファフニール》』と遭遇するまで時間がないんだ。今すぐ、装備を身に着け探索を再開するんだ」

「は、はいっ」

ジルはビクッと震えると、慌てて剣と盾を装備しなおし、先へと進んでいった。

「なあ、ロラン。今のは流石《さすが》にねえんじゃねぇか？　せっかく『竜頭の籠手《ドラグーン》』使いを仕留めてくれたのに対して」

「うん、僕もそう思う。ただ、ジルに対してはあれでいいんだ。理不尽な要求はジルの大好物だからね」

「おお。そうか……」

レオンは諦めの念をもってつぶやいた。ジルについてのことは、もはや彼の理解の範疇《はんちゅう》を超えていた。

その後、ロラン達はダンジョン探索を進め2日経《た》ったが、『白狼』の襲撃に遭うことはなかった。

ジルの攻撃で打撃を受けたのか、あるいは『竜頭の籠手《ドラグーン》』使いを鹵獲《ろかく》されて手詰まりになったのか。

いずれにしてもこのままのペースで進んでいけば、『白狼』の追撃を撒《ま》くことができるだろう。

（『白狼』が攻撃してこないのなら、育成を進めるチャンスだな）

【アイク・ベルフォードのステータス】
腕力《パワー》：60（↓10）－100

【リズ・レーウィルのステータス】
俊敏《アジリティ》：60（↓10）－100

【アーチー・シェティのステータス】
腕力《パワー》：60（↓10）－100

（まだ、適合しているとはいい難い。だが、最低値の低下率はかなり低くなっている）

2日前は3人とも最低値が30ポイント下がっていたが、今日は10ポイントの低下にとどまっている。

（徐々にステータス調整が進んでいる証拠だ。このまま順調にいけば彼らの育成も次の段階へと進めることができるだろう）

偵察から帰ってきたリズはフラフラと覚束《おぼつか》ない足取りで本隊に合流した。

「もうダメ。足が動かない。ムリ……」

「何言ってんの。これくらいでへばってるんじゃないわよ。さぁ、急いで」

アリスがフラフラしているリズを容赦なく急《せ》かす。

「そんなこと言ったってぇ」

「やぁリズ、調子はどう？」

「えっ？　ロランさん？」

リズはロランがいることに気づき、慌てて背筋を伸ばした。

「ふむ。ステータスを見る限り、いい感じに伸びてきているね」

「本当ですか？」

リズは驚く。

自分では成長している実感がまったくといっていいほどなかった。

「ああ。あと少しでAクラスだ。頑張って」

「は、はいっ」

（ようし。ロランさんもああ言ってるし、もうひと頑張りしよう）

リズはすっかり元気を取り戻して再び走り出す。

ロランは他の調整中の冒険者にも声をかけて回り、士気を高めていった。

（さて、調整中の冒険者にはこれでいい。問題は……）

ロランはカルラの方を見遣《みや》る。

今回のダンジョン中、彼女は一貫して精彩を欠いていた。

そして彼女の視線の先には常にジルがいる。

【カルラ・グラッツィアのステータス】
腕力《パワー》：30（↓10）－50
耐久力《タフネス》：20（↓10）－40
俊敏《アジリティ》：60（↓30）－１００
体力《スタミナ》：80（↓30）－１３０

（カルラがジルの強さに動揺しているのは間違いない。やはり、いざ『巨大な火竜《グラン・ファフニール》』が討伐されるかもしれないとなると、気持ちがついていかないか）

カルラと話し合ったあの後、ロランも彼女と一緒になって『竜葬の儀式』について調べてみた。

儀式の概要についてはほぼほぼ把握できた。
１、ダンジョン内にいる最も強大な『火竜《ファフニール》』、すなわち『巨大な火竜《グラン・ファフニール》』を討伐し、その身体《からだ》の一部を火口に投げ入れて山の神に捧《ささ》げる。

2、『竜葬の舞』と呼ばれる特殊な舞を踊る。
3、竜核は街へと持ち帰り、祠《ほこら》に奉納する（クエスト受付所でランク認定された後でもよい）。

これが『竜葬の儀式』の概要である。

1と3についてはそのまま実行すればよい。

問題は2の『竜葬の舞』である。

ロランもカルラと一緒に古い文献などを漁《あさ》ってみたが、その詳細については分からなかった。

カルラの父親の代までは確かに継承されていた舞踊なのだが、カルラの両親は彼女が幼い時分にすでに亡くなっていた。

（結局、『竜葬の舞』についてはわからないまま、ここまで来てしまった。どうする？

このままではカルラは足手纏《まと》いになるかもしれない）

それればかりか何かの拍子に態度を豹変《ひょうへん》させて、敵になるかもしれない。

ロランはかぶりをふった。

（いや、迷うな。僕にできるのは彼女のスキル・ステータスを高めることだけ）

【カルラ・グラツィアのスキル・ステータス】
『影打ち』　：B↓A
『回天剣舞』：B↓S
俊敏《アジリティ》：60―100↓120―130
体力《スタミナ》：80―130↓120―130

（なんとか、『巨大な火竜《グラン・ファフニール》』に到達するまでに彼女のスキルとステータスを仕上げる！）


カルラは動揺しながら、探索を進めていた。

（ジル・アーウィン。なんて奴《やつ》だ。ユガンですら持て余した『白狼《はくろう》』の連中を一撃で……。強過ぎる。本当に『巨大な火竜《グラン・ファフニール》』を討伐してしまうかも）

カルラは目の前の景色が揺れるのを感じた。

「……ルラ」

（……父さん）

周りの声もよく聞こえない。

「カルラ！」

（ロランのことを信じて付いて来たけど。本当によかったのかな）

「カルラ！　危ない！」

カルラは鋭い声に反応してハッとした。

モンスターが放ってきたと思われる岩石がすぐそこに迫っている。

いつもならあっさりかわせる攻撃だったが、注意力の欠如とステータスの不調のため、かわしきれず頭をしたたかに打ってしまう。

「カルラ！」

誰かが声をかけながら近寄って来る。

カルラは目の前が真っ暗になっていくのを感じた。


カルラは起きているのか、眠っているのか分からない朧《おぼろ》げな意識の中で昔のことを思い出していた。

剣を背負って、『火山のダンジョン』へと毎日出掛けていく父親の姿。

毎日、母と2人、玄関に立って見送っていた。

何歳の頃からこの見送りの儀式をカルラと母がやっていたのかは定かではない。

ただ、彼女が覚えている一番昔の記憶は、やはり火山に向かっていく父を家の玄関で見送っているところだった。

つまりこの父を送り出す記憶はカルラの原体験だった。

「行ってらっしゃい、あなた」

「おお。今日こそは一番強い『火竜《ファフニール》』を狩ってくるぜ」

そう言って父は破顔して、いつも通り出かけて行くのであった。

正直なところ、父の顔がどんなだったかきちんと覚えているわけではない。

ただ、頭を撫《な》でてくれた掌《てのひら》がとても大きかったこと、振り返りながら見せていたくしゃっとした笑顔が印象的だったのを覚えている。

しかし、徐々に父の笑顔にも翳《かげ》りが出始める。

カルラが物心ついた頃には、すでに両親が深刻そうな顔で話し合っているのを見ることが多くなっていた。

カルラがこっそり耳を澄ませると2人の話している内容が漏れ聞こえてくる。

『火竜《ファフニール》』は年々強力になっている。

また、外部からやって来る冒険者も年々増えて来て、ダンジョン内の競争で後《おく》れを取るようになってきた。

同業者のうちで『竜葬の一族』は次々に廃業している。

地元の冒険者も盗賊《シーフ》の仲間になったり、外部との同盟に活路を見出《みいだ》す者が増えてきた。

後援してくれる団体もどんどん減っていき、資金的にもキツくなっていく。

「父さん、そんなに『火竜《ファフニール》』に手こずっているのなら、私が手伝おうか？」

カルラがそう言うと、父はぎょっとしながらも苦笑して、彼女の頭を撫でるのであった。

「心配しなくても大丈夫だ。『火竜《ファフニール》』くらい父さんの力でどうとでもなる。まあ、でもそうだな。カルラが大きくなったら、『竜葬の舞』を覚えて、父さんの仕事を手伝ってもらおうかな」

しかしその約束が果たされることはなかった。

ある日、父は帰らぬ人となる。

同行していた冒険者の証言によると、『火山のダンジョン』で仲間の制止も聞かず、大きめの『火竜《ファフニール》』を追いかけていき、折悪く発生した火砕流に巻き込まれて埋まってしまったそうだ。

そのため遺体を回収することもできなかった。

父は山に還《かえ》ったのだ。

母はそう言った。

そしてそれは『竜葬の一族』に生まれた男として誇らしいことであるとも。

やがて、母もそれまでの心労がたたって、父の後を追うように亡くなってしまう。

カルラは親戚の家に厄介になることになった。

その後、カルラは地元の冒険者ギルドへと入った。

(父さん。母さん。私が後を継ぐよ。『竜葬の一族』の末裔《まつえい》として、きっと役目を果たし

てみせる)

カルラは母の墓前で父の遺《のこ》した刀を手に、そう誓うのであった。

しかし、その後も外部冒険者は止めどなく港からやって来た。

ダンジョンには『巨大な火竜《グラン・ファフニール》』が出現した。

これまでも何度も『巨大な火竜《グラン・ファフニール》』が出現することはあったが、歴代においても例を見ない強大さだともっぱらの噂《うわさ》だった。

カルラは憎んだ。

外から来た冒険者達《たち》を。

父の墓場を何も知らず踏み荒らす、恥知らずな彼らを。


カルラは誰かに背負われているのを感じた。意識が覚醒していく。

(……父さん?)

だが、父にしては痩せ型の背中だ。

(違う。ロラン!?)

「カルラ。起きたのかい?」

ロランが首だけ後ろに向けて、声をかけてくる。

「くっ。ロラン、お前一体何をして。部隊の指揮はどうした」

「部隊の指揮はレオンに任せている。僕はジルの調整に専念することにしたよ」

「ならなおさら私を背負っている場合じゃないだろ。おろせ。くっ」

カルラはロランの背中から飛び降りようとしたが、寝覚めのため上手《うま》く体に力が入らなかった。

「どの道、もうすぐ今日の野営地だ。そこまで行ったら、おろすよ」

「……」

仕方なくカルラはロランの背中に担がれ続けた。

やがて『精霊同盟』は今日の野営地にたどり着く。

ロランとカルラは2人で腰を下ろしながら、レオンが指揮するのを見ていた。

「いいのか？　レオンに任せっきりで」

「ああ。レオンはやがてこの『精霊同盟』を背負《しょ》って立つ器だ。今のうちに外部との調整についても覚えておいてもらいたい。君こそ大丈夫？」

「……」

「君らしくない動きだった。あの程度の攻撃、普段なら余裕でかわせたはずだ。それにひどいステータス。気もそぞろで周りが見えていない」

「……」

「ただ、ちょうどよかったかもしれない。そろそろ君には話そうと思っていたところなんだ」

「話？　何を……」

「もうすぐ、『不毛地帯』に入る。そしてそこで選別することになるだろう。『巨大な火竜《グラン・ファフニール》』に挑戦するメンバーを」

「なんだって!?」

「今の君を『巨大な火竜《グラン・ファフニール》』討伐クエストに連れて行くわけにはいかない。でも、君が動揺する気持ちも分かる」

「……」

「僕は指揮官として決断しなければならない。君を連れて行っても安全かどうか。君を連れて行くとなると、もう一段階成長してもらう必要がある」

カルラはぎゅっと地面の土を握った。

「どうする？」

「行くよ。私は行かなきゃならない」

「ジルが『巨大な火竜《グラン・ファフニール》』を討伐するかもしれない。君は冷静でいられるのかい？」

「どの道、私は見届けなければならない。『竜葬の一族』として。『竜葬の舞』についても何か分かるかもしれないし……」

「分かった。それじゃあ、最後のテストだ」

ロランはカルラに向き合った。

「ジルの後ろについてもらう。そのためにも俊敏《アジリティ》を極限まで上げてもらうよ」

ヘイトコントロール

「ジルの……後ろに？」

カルラは聞き返した。

「そうだ。これまでのジルの戦い方を見て分かったと思うが、彼女は1人で全てをこなせる。一撃で敵を仕留める攻撃力、あらゆる攻撃に耐えうる防御力、逃げ惑う敵を追い詰める俊敏《アジリティ》、そして1人でダンジョンを踏破する体力《スタミナ》。だから仲間と連係して戦う必要がない。むしろ中途半端な連係を組もうものならかえって彼女の強さを消してしまうことになりかねない。だが、唯一ジルの足を引っ張らずに連係を取れる可能性のある冒険者が1人だけいる。それが君だ、カルラ」

「……」

「君は腕力《パワー》や耐久性においてはせいぜいCクラスだが、俊敏《アジリティ》に関してはSクラスに匹敵するポテンシャルを秘めている。ジルの後ろにつくことで、ジルの攻撃力に更なる厚みを加えられる。もちろん生半可なことじゃない。ただでさえ速いジルの動きについていくだけでなく、それを上回る動きをしなければならない」

ロランはカルラを伴ってジルの下を訪れた。

「ジル、ちょっといいかい？」

「はい。何でしょう」

ジルは昨日あれだけの戦闘と強行軍をこなしたにもかかわらず涼しい顔で応じた。

まったく底なしの体力《スタミナ》である。

「今日からは彼女、カルラと一緒に探索してほしいんだ」

そう言うと、ジルは困ったような笑みを浮かべた。

「えっと、ロランさん。お言葉ですが、私のスタイルは独特ですし……、その、彼女も無理に私に合わせては力を発揮できないのでは？」

「安心してくれ。君はいつも通り探索してくれるだけでいい。カルラの方で君に合わせるから」

「はぁ」

ロランはカルラのスタイルについて簡単に説明すると、後は2人に任せた。

『精霊同盟』はAクラスモンスターの蠢《うごめ》く『不毛地帯』へと突入する。

『不毛地帯』に入っても、戦術はそれほど変わらない。ジルが先頭を務めて敵を倒していき、それに部隊がついていく。ただ1つ違うのはジルのすぐ後ろにカルラがいることだった。ジルはカルラの方をチラリと振り返る。

（ふむ。ちゃんとついてきているな。俊敏《アジリティ》と体力《スタミナ》に関しては問題ないようだ。流石《さすが》、ロランさんに鍛えられているだけのことはある）

ジルはホッとした。

そこまで足手まといになるということはなさそうだった。

Aクラスモンスターがわんさか出てくるここから先は、流石のジルといえど味方をフォローしている余裕はない。

特にここ最近のジルは1人で戦うことに慣れ切っており、連係には自信がなかった。

（ロランさんは大丈夫って言ってたけど。自信ないなぁ。カルラか。優秀な盗賊《シーフ》のようだけど、上手く合わせられるかなぁ）

やがて2人の連係が試される時が来た。

ジルがダンジョンを進んでいると、突然大地の揺れとともに崖が動いた。

「っ」

ジルは足を止めて臨戦態勢になる。

崖だと思っていたものは『山のような巨鬼《マウンテン・オーガ》』だった。

『山のような巨鬼《マウンテン・オーガ》』は起き上がると、その長くゴツゴツした腕を振り上げて、殴ってきた。

ジルは咄嗟《とっさ》に飛び退《の》いてかわす。

そして、即座に反撃したが、ジルの刃が岩で隆起した胴体を貫く前に、『山のような《マウンテン・》巨鬼《オーガ》』は後ろに下がってかわす。

(俊敏《アジリティ》はそこまで高くない。が、リーチが長い)

敵の攻撃を紙一重でかわし、一気に距離を詰めなければ攻撃できない。

ジルはそう判断し、『山のような巨鬼《マウンテン・オーガ》』からの次の攻撃を待った。

『山のような巨鬼《マウンテン・オーガ》』が拳を繰り出してきた。

(来た！)

ジルは今度は後ろに飛び退かず、前に踏み出した。

そして、突き出された『山のような巨鬼《マウンテン・オーガ》』の腕をかわし、懐に入り込もうとする。

腕を一本かわした後も、もう片方の拳が迫り来る。

ジルは前進をやめ、背後に飛び退こうとする。

このタイミングでかわせば、『山のような巨鬼《マウンテン・オーガ》』は体勢を崩すはず。

そうなれば絶好のチャンスだ。

だが、背中に何かが当たるのを感じた。

「うぶっ」

「えっ？　カルラ？」

ジルがカルラにぶつかっているうちに『山のような巨鬼《マウンテン・オーガ》』の拳が迫ってきた。

ジルは慌てて盾を構え、受け止める。

背中のカルラを庇《かば》いながら吹き飛ばされる器用な身のこなしだった。

2人はある程度吹き飛ばされた後で着地する。

(驚いた。ずっと私の背中に引っ付いていたのか)

ジルはチャンスを邪魔されて怒るよりも、カルラがずっと自分の背中にピッタリと付いていたことに感心してしまった。

てっきり、隅っこに逃げて難を逃れてでもいるのだろうと思っていたのだ。

(結構、無茶苦茶な動きをしていたつもりだが、しっかりついてきている。俊敏《アジリティ》が高いだけでなく、読みも鋭いのか?)

一方で、カルラはかつてないほど後ろに付くのが難しい相手を前に必死であった。

(くっ。こいつ、後ろに下がるのも無茶苦茶速い。速いし、予測しづらいし。ロランの奴《やつ》、ジルと連係しろとか、簡単に言いやがって)

「すまないカルラ。大丈夫か?」

「いや、今のは私が悪かった。次は気を付ける」

ジルはチラリとロランの方を見る。

ロランは戦いを続けるようジェスチャーした。

(カルラは問題ないってことですね。分かりました)

ジルはカルラのことを意識の外に置いて、再び『山のような巨鬼《マウンテン・オーガ》』に向かっていく。

カルラも急いでジルの後ろについていく。

（エリオよりもはるかに素早く、予測しづらい。ジルの邪魔をせず後ろについていくには……）

カルラはいつもより距離を空けて、ジルの後ろに付いた。

（ここ、この距離だ）

（……遠いな）

レオンは同じ後衛型剣士として、カルラの位置どりを興味深く見た（彼はジルが戦闘を開始したという知らせを受け、部隊を所定の位置まで率いようやく追いついたところだった）。

カルラの位置は後衛型盗賊《シーフ》としては余りにも遠い距離だった。

（俺が盾使いの後ろに付く場合、もっと引っ付いていないと不安だが……。ジルの後ろに付くにはあの距離が適切、そう判断したわけか）

「大丈夫だよ。レオン」

「ロラン？」

「カルラが肌感覚であの距離を選んだんだ。おそらくあの距離感が適切なんだろう」

「ふっ。まあ、そうだろうな」

レオンもなんだかんだいって、カルラのセンスを認めていた。

盾使いの後ろからチャンスを窺《うかが》う作業をやらせれば彼女の右に出る者はいない。

【カルラ・グラツィアのステータス】
腕力《パワー》：40（↑10）－50
耐久力《タフネス》：30（↑10）－40
俊敏《アジリティ》：90（↑30）－100
体力《スタミナ》：110（↑30）－130

（カルラのステータスが復調しつつある。本来の自分の役割を思い出したんだ。やはり後衛型盗賊《シーフ》こそ彼女の天職）


ジルが加速した。

『山のような巨鬼《マウンテン・オーガ》』の攻撃をくぐり抜けながら、距離を詰めていく。

カルラは『山のような巨鬼《マウンテン・オーガ》』の攻撃とその余波に巻き込まれないように気をつけつつ、ジルと一定の距離を保ちながらついていった。

（懐に入った。さっきはここから、急激なバックステップをしていたが……）

カルラはジルの足下、重心の位置に意識を集中させる。

そうすることで『山のような巨鬼《マウンテン・オーガ》』の動きすら把握できる。

ジルの体が前のめりになる。

だが、それはフェイント。

『山のような巨鬼《マウンテン・オーガ》』の腕が空を切る音がする。

ジルの体の軸が微《かす》かに揺れる。

（ここだ！）

ジルとカルラは同時に後ろへ飛んだ。

スピード、距離、タイミング。

全てがまったく同じ、一糸乱れぬ影のような動きだった。

レオンは驚愕《きようがく》する。

（うおっ。あの体勢から後ろに飛べるのか!?　なんつー動きしやがる。ジルも……、カルラも）

『山のような巨鬼《マウンテン・オーガ》』の体勢が崩れた。

それを見て、ジルは『山のような巨鬼《マウンテン・オーガ》』の胸元に飛び込む。

銀の剣が『山のような巨鬼《マウンテン・オーガ》』の心臓付近に突き刺さる。

だが、微妙に浅く入ってしまう。

（ちっ。手元が狂ったか）

ここまで俊敏《アジリティ》全開の動きをするのは久しぶりだった。

故に、まだ完全に適応していない装備で多少狙いがブレるのは仕方のないことといえる。

しかし、刺突用に特化した剣なので、このまま力任せに切り裂くわけにもいかず、一旦引き抜かなければならない。

と思っていたその時、ジルは体を何かが通り過ぎるような感覚に襲われた。

（えっ？）

思わず、後ろを見る。

カルラがジルの背中に剣を突き立てていた。

（今の感覚、『影打ち』か）

カルラの影打ちが、ジルの突き立てた刃に乗って、『山のような巨鬼《マウンテン・オーガ》』の分厚い胸板を貫いた。

心臓を貫かれた『山のような巨鬼《マウンテン・オーガ》』は足元から崩れていく。

【カルラ・グラツィアのスキル・ステータス】
『影打ち』：Ａ（↑1）
俊敏《アジリティ》：１００（↑10）－１１０（↑10）

【ジル・アーウィンのステータス】
俊敏《アジリティ》：100→105
（ここにきてカルラの俊敏《アジリティ》がジルの俊敏《アジリティ》を超えた。ジルの動きを見て学習したか。『影打ち』もスピードを乗せることでAクラスになっている。残る課題は……）

【カルラ・グラツィアのスキル・ステータス】
『回天剣舞』：B→S
俊敏《アジリティ》：100→105→120→130
（残る課題は『回天剣舞』と俊敏《アジリティ》120－130。自力で120－130の動きを導き出せるか？）

・ジルとカルラがさらに進むと、のっしのっしと歩いて来る二足歩行の竜に出会った。
背中には大きな盾を背負っている。
『盾に隠れる竜《シールド・ドラゴン》』だった。

『盾に隠れる竜《シールド・ドラゴン》』はジルを見るや否や背中の盾を構え、突撃してきた。

「望むところだ！」

ジルも盾を構えて、『盾に隠れる竜《シールド・ドラゴン》』にぶつかっていく。

闘牛のようにぶつかり合った重装騎士と『盾に隠れる竜《シールド・ドラゴン》』は、その後鍔《つば》迫《ぜ》り合いをするように盾と盾で押し合った。

ジルは剣で敵の盾を突き刺してみる。

剣は盾を貫いたが、『盾に隠れる竜《シールド・ドラゴン》』には当たらない。

大きな盾に隠れている竜を剣で突き当てるのは至難の業だった。

（外したか。だが、それならカルラの『影打ち』で……。うっ）

ジルは横っ腹を何かに殴られるのを感じた。

それは『盾に隠れる竜《シールド・ドラゴン》』の尻尾だった。

『盾に隠れる竜《シールド・ドラゴン》』の尻尾の先には槍《やり》が付いている。

ジルは横に吹き飛ばされて、『影打ち』のチャンスは逸してしまう。

カルラは慌てて、ジルの後ろ側に回った。

「ジル。大丈夫か？」

「ああ。問題ない」

（狙いを外させる大きな盾と、その大きな盾を迂回《うかい》して攻撃できる長くしなやかな尻尾。

それなら……）

「俊敏《アジリティ》で盾のない方に回り込むまでだ」

ジルはフェイントを入れて、左右に揺さぶりをかけた上で、回り込もうとする。

だが、『盾に隠れる竜《シールド・ドラゴン》』に動きを読まれて、盾を構えられる。

（回り込めない!?　こいつ、意外と賢いな）

『盾に隠れる竜《シールド・ドラゴン》』はジリジリと間合いを測った上で、再び突進して来る。

仕方なくジルは受け止める。

そして、尻尾を避けるためすぐに離れる。

（避けられるけど、近づけない。このままだと消耗戦になってしまうな。どうする？　カルラを使うか？）

ジルがそうして色々考えていると、『盾に隠れる竜《シールド・ドラゴン》』が耳をつんざくような鳴き声を上げた。

すると周りの岩陰がにわかに騒がしくなり、『火竜《ファフニール》』や『トカゲの戦士《リザードマン》』といった竜族がわらわらと現れ始める。

（しまった。仲間を呼ばれたか）

『盾に隠れる竜《シールド・ドラゴン》』の盾を突破できない以上、仲間を呼ばれればさらに側面からの攻勢が強まる可能性がある。

（どうする？　どうしますかロランさん？）

ジルはまたチラリとロランの方を見る。

「ジル。俊敏《アジリティ》を上げて対応だ。カルラ、ジルとの距離をもっと詰めて」

（なっ）

（何ぃ⁉）

ジルもカルラも仰天する。

「ロ、ロランさん。『盾に隠れる竜《シールド・ドラゴン》』の盾を突破できず、新手が集まって来ている状態でそれは流石《さすが》に……」

「うん。だから『盾に隠れる竜《シールド・ドラゴン》』は後回しでいい。側面に回り込んでプレッシャーをかけるだけにとどめて、周りの雑魚から片付けていくんだ」

「な、なるほど。それなら……」

「いや、ちょっと待てよ！」

カルラが抗議の声を上げた。

「私はどうなるんだ。ジルの俊敏《アジリティ》はSクラスなんだぞ。これ以上近づいたら……」

「カルラ。君の俊敏《アジリティ》は今の時点でジルの俊敏《アジリティ》を超えた」

「えっ？」

（私の俊敏《アジリティ》がジルを超えた？）

「今の君ならジルともっと距離を詰めても対応できるはずだ」

「で、でも、敵がわんさか集まってきてるんだぞ。ジルの耐久性ならともかく、私の耐久性じゃ周囲からの攻撃に耐え切れないじゃないか」

「うん。だから君はジルの後ろにつきながら、俊敏《アジリティ》で周囲の敵も翻弄するんだ」

（ジルの後ろにつきながら、敵を翻弄？）

「ジルのバックステップを思い出すんだ。あれと同じ効果を横の動きにも取り入れれば、自《おの》ずと答えは見つかるはずだよ」

　そうこうしているうちに竜族達《たち》は近づいてきた。

『盾に隠れる竜《シールド・ドラゴン》』も圧迫してくる。

『トカゲの戦士《リザードマン》』が盾の脇から、『火竜《ファフニール》』が盾の上側から来る。

「カルラ。行くぞ」

「ぐっ。やるしかないのか」

　2人は走り出した。

『盾に隠れる竜《シールド・ドラゴン》』の突進に対して、側面に回り込む。

　すると『盾に隠れる竜《シールド・ドラゴン》』はすぐに立ち止まり、盾を向けてくる。

『盾に隠れる竜《シールド・ドラゴン》』の足が止まった。

　その一瞬の隙に……。

一閃《いっせん》。

ジルは盾の横から来ていた『トカゲの戦士《リザードマン》』の首を刎《は》ねる。

首を根こそぎ刈り取ってしまう神速の突きに、『トカゲの戦士《リザードマン》』は何がなんだか分からないうちに絶命してしまう。

だが、竜族の方も負けてはいない。

『盾に隠れる竜《シールド・ドラゴン》』の尻尾が反対側から迫り、『火竜《ファフニール》』が背後から『火の息《ブレス》』を吐きかける動作をしている。

尻尾も『火竜《ファフニール》』の口先もカルラに向かっていた。

(狙いは……私か!)

カルラはジルと『盾に隠れる竜《シールド・ドラゴン》』、『火竜《ファフニール》』3つの方向に同時に対処しなければならなかった。

だが、この追い詰められた状況がカルラの新しい力を覚醒させ、最適解を選ばせる。

カルラは反射的にジルと反対方向に行く素振りを見せた。

竜達はその動きに釣られる。

そして、攻撃が放たれた直後、カルラは反対方向に急加速して竜族の視野から消えると共にジルの後ろに付く。

モンスター達は一瞬何が起こったか分からず静止してしまう。

その隙にジルはもう1匹『トカゲの戦士《リザードマン》』を倒した。

モンスター達は気を取り直して、もう一度カルラを攻撃するが、またも『火の息《ブレス》』と槍の尻尾は空振りする。


レオンは戦況の変化に眉を顰《ひそ》めた。

「なんだ？　さっきからモンスターが明後日《あさって》の方向に攻撃しているように見えるが、何やってんだ？」

「ヘイトコントロールだ」

「ヘイトコントロール？」

「カルラの動きをよく見て。わざと複数モンスターの焦点に入った後、敵が攻撃の予備動作に入るタイミングに、微《かす》かな仕草で攻撃方向を誘導している。視線、重心の置き方、体の向き。それだけで敵の攻撃を誘発し、高速回避する。俊敏《アジリティ》１００を超えた者にのみできる高等技術だ」

「何？　そんなことが？」

レオンが目を凝らしてよく見ると、確かにカルラが敵の予備動作に合わせて、一瞬止まり体を微妙に揺らしているのが見えた。

ついつい攻撃したくなる、よく見なければフェイントと分からない微妙な動きだった。

「うおっ。確かに」

「ジルもよく敵の懐に入った後、急速にバックステップして相手の体勢を崩す動きをするけれど、カルラがしているのはその応用版。横に揺れる僅かな動きで敵の攻撃を誘っている」

「マジかよ。ジルの動きについていきながら、四方八方から来るモンスターのヘイトコントロールをする。そんな離れ業が……」

（ジル《Sクラス》の動きを間近で見て、触発されたか。ここに来てカルラが戦闘スタイルの幅を広げようとしている。このままいけばあと少しで……）

ジルも薄々異変に気づきつつあった。

（なんだ？　急にモンスターからの圧力が弱まったような。カルラが何かしているのか？　まあ、何にしても……）

「これで最後だ」

ジルは飛び上がったかと思うと、最後の『火竜《ファフニール》』を串刺しにする。

「あとは……お前だけだ」

ジルは『火竜《ファフニール》』が絶命したのを確認すると、墜落するのを待つことなく、『火竜《ファフニール》』の死体を踏み台に『盾に隠れる竜《シールド・ドラゴン》』の方へ飛んでいく。

だが、『盾に隠れる竜《シールド・ドラゴン》』もなかなか譲らなかった。

あくまでジルに後ろを取らせず、盾に身を隠しながら、ジルに相対する。

カルラはジルの後ろにつきながら、『盾に隠れる竜《シールド・ドラゴン》』のヘイトにも意識を向けていた。

先ほどまで、カルラにも向けられていた『盾に隠れる竜《シールド・ドラゴン》』の意識は、ジルの方へ比重が増していく。

カルラはすでにジルの動きの癖も摑《つか》んでいた。

ジルの体の軸が揺れる。

次の瞬間、右に加速するだろう。

（ここで……逆に行けば！）

カルラの予測通りジルは右に加速した。

『盾に隠れる竜《シールド・ドラゴン》』はその動きにつられて、反対側に加速したカルラの動きを見落としてしまう。

カルラはするりと盾の内側に入り込んだ。

『盾に隠れる竜《シールド・ドラゴン》』はいつの間にか懐に入り込んだカルラにギョッとしつつも咄嗟《とっさ》に盾を手放して、斬撃を回避する。

（くっ、外した。だが……）

反対側からジルが詰める。

「おおおっ」

『盾に隠れる竜《シールド・ドラゴン》』は尻尾でジルの斬撃を遮る。

そのまま、トカゲの尻尾切りでジルに尻尾を押しつけて、逃げ出す。

「うぶっ。しまった」

ジルが尻尾に当たってもたついている隙に、背後の崖から飛び降りて事なきを得ようとする。

(逃げられる。いや、あともう少し……)

カルラはかつてないほど、地面を踏み込んだ。

(速さがあれば！)

カルラは一瞬で『盾に隠れる竜《シールド・ドラゴン》』の背中に詰め寄ると、俊敏《アジリティ》を十分に乗せた『回天剣舞』を放つ！

『回天剣舞』の斬撃は『盾に隠れる竜《シールド・ドラゴン》』の背中を滅多切りにした。

これまでと比べて明らかに間合いが伸び、攻撃範囲の広くなった斬撃は、カルラの奥底に眠っていた記憶を呼び覚ました。

(これは……父さんのやっていた……)

「決して入ってくるなよ」という言いつけを無視して、カルラは一度だけ父が秘密の儀式を行っている稽古場に忍び込み、彼のやっていることをこっそり見ていた。

そこで見たのは、居合の間合いを遥《はる》かに超えた蠟燭《ろうそく》が斬れる不思議な光景。
カルラは父の執り行う神秘の剣舞にしばし見惚《みと》れた。
その光景が今しがた自身の手で繰り出した斬撃のイメージと被《かぶ》る。
ジルもカルラの俊敏《アジリティ》に驚いた。
(なんて速さだ。俊敏《アジリティ》だけならユガンにも匹敵するかも……)

【カルラ・グラツィアのステータス】
俊敏《アジリティ》：120（↑20）－130（↑20）
『回天剣舞』：S（↑2）

(カルラはついにジルを超える俊敏《アジリティ》を手に入れた。『回天剣舞』も……ん？)
ロランは『回天剣舞』の説明に目を通して、異変に気づいた。

【『回天剣舞』Sの説明】
回転しながら剣技を放つことで、間合いと威力を伸ばす。
クラスが上がれば広範囲に斬撃を浴びせることができる。
(NEW)竜族の力を弱める『竜葬の舞』が付与される。

火竜《ファフニール》側の思惑

エリオは『幻影を見せるトカゲの戦士《リザードマン・ファントム》』に遭遇《エンカウント》していた。

『幻影を見せるトカゲの戦士《リザードマン・ファントム》』は『トカゲの戦士《リザードマン》』の上位種だ。

そのあまりに素早い動きから、残像が幻影のように見えるためにこの名称がつけられた。

間合いを詰めて、『盾突撃』の機会をうかがうエリオを見て、『幻影を見せるトカゲの戦士《リザードマン・ファントム》』はほくそ笑んだ。

防御力は高そうだが、俊敏《アジリティ》では明らかに自分の方が上だ。

突進を軽くいなして、剣で斬りつける。

『幻影を見せるトカゲの戦士《リザードマン・ファントム》』がそのように考えてエリオの突撃をかわす準備をしたところ、急にエリオの斜め後ろにカルラが現れる。

「!?」

その姿が現れたのは一瞬のことで、カルラはまたすぐに消える。

あまりのことに『幻影を見せるトカゲの戦士《リザードマン・ファントム》』は一瞬目を疑い、それが自身の動きを静止させてしまうことに繋《つな》がった。

（今だ！）

『幻影を見せるトカゲの戦士《リザードマン・ファントム》』が体を固くしたのを見て、エリオは『盾突撃』した。

『幻影を見せるトカゲの戦士《リザードマン・ファントム》』の持つ剣ごと体を盾で押さえ込み、そのまま腕力《パワー》でもって『幻影を見せるトカゲの戦士《リザードマン・ファントム》』をねじ伏せた。

『幻影を見せるトカゲの戦士《リザードマン・ファントム》』はどうにかエリオから逃れようと暴れたが、カルラの『影打ち』が放たれる方が早かった。

　エリオはカルラのヘイトコントロールの効果に驚く。

（本当に『幻影を見せるトカゲの戦士《リザードマン・ファントム》』を倒せた）

　これまで『幻影を見せるトカゲの戦士《リザードマン・ファントム》』はエリオにとって天敵だった。

　前方へ一瞬の推進力を発揮できる『盾突撃』をもってしても『幻影を見せるトカゲの戦士《リザードマン・ファントム》』だけはどうしても捕まえることができなかった。

　だが、カルラのヘイトコントロールを利用すれば『幻影を見せるトカゲの戦士《リザードマン・ファントム》』もあっさり捕まえることができる。

　ロランから話を聞いた時には半信半疑だったが、こうして実際に『幻影を見せるトカゲの戦士《リザードマン・ファントム》』を制圧できた以上、信じるほかない。

「凄《すご》いよカルラ。『幻影を見せるトカゲの戦士《リザードマン・ファントム》』を惑わすことができるなんて」

「ああ、そうだな」

　カルラは浮かない顔で答えた。

ロランとの会話を思い出す。

「何!? 『回天剣舞』の説明欄に『竜葬の舞』が追加された!?」

「ああ。どうやら『回天剣舞』と『竜葬の舞』には密接な関連があるようだ」

「それじゃあ……」

「うん。もしかしたら『回天剣舞』を極めることで、君の望む『竜葬の儀式』に近づくことができるかもしれない」

カルラは突然、目の前が開けたような気分になった。

まさかこんな形で彼女の悲願を達成する方法が見出《みいだ》されようとは。

「カルラ。ここからはまたエリオと組んでくれ」

「えっ？ エリオと？」

「俊敏《アジリティ》を上げるという目的は達した。ここからは『回天剣舞』を可能な限り試してほしい。『巨大な火竜《グラン・ファフニール》』との戦いにおいて切り札になるかもしれないから」

「カルラ？ どうかしたのかい？」

エリオはあまり喜んでいないカルラに心配そうに声をかける。

「いや、エリオ。次に行こう。なるべく『回天剣舞』を試せるような強い竜族のモンスターがいいな」

「？　ああ、分かった」


ジルも別の場所で『幻影を見せるトカゲの戦士《リザードマン・ファントム》』と戦っていた。

ジルの俊敏《アジリティ》が100を超えているといえども、『火山のダンジョン』の中でも屈指の俊敏《アジリティ》の持ち主『幻影を見せるトカゲの戦士《リザードマン・ファントム》』相手となると、なかなか敵を捕まえることもできない。

「はあっ」

ジルは剣を突き出したが、『幻影を見せるトカゲの戦士《リザードマン・ファントム》』はヒラリとかわしてくる。

（かわされた。敵の攻撃来るか？）

ジルはわざと隙を見せる。

敵が攻撃してきたところを高速回避し敵の体勢を崩すか、あるいは攻撃をわざと受けてカウンターを叩《たた》き込む腹づもりだった。

だが、『幻影を見せるトカゲの戦士《リザードマン・ファントム》』はジルの意図を見透かしてか、攻撃してこない。

（ちっ。ダメか）

ジルは剣を握り直した。

（普通にやっていては『幻影を見せるトカゲの戦士《リザードマン・ファントム》』を捉えられない。『幻影を見せる《リザードマン》トカゲの戦士《ファントム》』にこの剣を当てるには……)

ジルは剣を突き出した。

『幻影を見せるトカゲの戦士《リザードマン・ファントム》』はすれすれで避ける。

ジルはさらに剣で突く。

『幻影を見せるトカゲの戦士《リザードマン・ファントム》』はまた避ける。

ジルはさらに剣で突き、さらにさらに剣で突き、さらにさらにさらに剣で突いた。

ジルの突きの往復速度はどんどん増していき、乱れ突きになっていく。

『幻影を見せるトカゲの戦士《リザードマン・ファントム》』は徐々に青ざめていく。

致命傷にはならないものの、剣は着実にかすり傷を増やしていく。

時間が経《た》つほどに、ジルの連続突きの回数は増えていき、精度はますます上がっていった。

出血も見過ごせないものになっていく。

少しでも近づけば突きが雨霰《あめあられ》のように降り注ぐので、反撃しようにもできなかった。

『幻影を見せるトカゲの戦士《リザードマン・ファントム》』はついに足に深めの傷を負うことになり、よろけたところを肩、頬、膝、腹部、など体の複数箇所に傷を受けてしまい、力尽きる。

ロランはその様子を見て満足した。

(そうだよジル。その剣の最大の長所は軽さ。俊敏《アジリティ》の高い敵には手数の多い乱れ突きで

もって対抗する。それが答えだ）

【銀毒剣のステータス】
適合率：１００％（↑20）

（よし。装備の調整もできた）

ジルとカルラだけでなく、他の冒険者達《たち》の調整も順調に進んでいた。

【リズ・レーウィルのステータス】
俊敏《アジリティ》：90（↑20）－１００

【アーチー・シェティのステータス】
腕力《パワー》：90（↑20）－１００

【アイク・ベルフォードのステータス】
腕力《パワー》：90（↑20）－１００

リズは『不毛地帯』に入ってから軽快に飛ばしていた。

(体が軽い。こんなに速く動いているのに全然疲れない。これがステータス調整の効果……)

すぐに彼女の成長した俊敏《アジリティ》を試す機会はやってきた。

リズが部隊の周りを警戒していると、首輪を付けた『火竜《ファフニール》』が現れる。

首輪には魔法文字が刻まれている。

(あれは！　『障壁を張る竜《バリア・ドラゴン》』!?)

『障壁を張る竜《バリア・ドラゴン》』は弓使い《アーチャー》向けAクラスモンスターである。

障壁を張ることによって敵からの攻撃を防御すると共に、『火の息《ブレス》』で攻撃してくるため、倒すには火炎をかわす俊敏《アジリティ》と障壁の発生しない一瞬の隙を狙って矢を撃ち込む正確な射撃技術を必要とした。

(ロランさんによると、私の俊敏《アジリティ》はすでにAクラス。それなら『障壁を張る竜《バリア・ドラゴン》』も倒せるはず)

リズは戦いを挑んでみることにした。

リズが『弓射撃』を放つと、『障壁を張る竜《バリア・ドラゴン》』は首輪を光らせて魔法の障壁を出現させた。

リズの放った矢は障壁によってあっさりと阻まれてしまう。

『障壁を張る竜《バリア・ドラゴン》』は魔法障壁を消すと、『火の息《ブレス》』を放つ。

リズはその卓越した俊敏《アジリティ》で回避した。

その後はしばらくこの応酬が続いた。

『障壁を張る竜《バリア・ドラゴン》』が魔法障壁でリズの『弓射撃』を防ぐ。

リズが俊敏《アジリティ》でもって『障壁を張る竜《バリア・ドラゴン》』の攻撃を回避する。

10回ほど同じことを繰り返した頃、ようやく変化が訪れる。

(『障壁を張る竜《バリア・ドラゴン》』の魔法障壁を掻《か》い潜《くぐ》るには、もっと鋭く、正確に！)

リズは敵の『火の息《ブレス》』を最小限の動きでかわした上、遠くからの正確な射撃で『障壁を張る竜《バリア・ドラゴン》』の首輪を破壊する。

(よし！)

その後は普通の『火竜《ファフニール》』を『弓射撃』で仕留めるだけであった。

アーチーは『山のような巨鬼《マウンテン・オーガ》』の攻撃を盾で防御し続けていた。

(重すぎる盾だと思っていたけれど、今となってはむしろ使いやすいな)

ずっとアーチーを殴り続けていた『山のような巨鬼《マウンテン・オーガ》』だが、やがて力尽きてその場に崩れ落ちる。

身に纏《まと》っていたゴツい岩は立ち所に崩れていく。

（よし。時間はかかったけど、倒せたぞ）


【アーチー・シェティのスキル】

『盾防御』：A（↑1）

アイクは『盾に隠れる竜《シールド・ドラゴン》』と相対していた。

（重かったAクラスの『火槍《ジャベリン》』だったが、このダンジョンの探索中に体に馴染《なじ》んできた）

アイクは『盾に隠れる竜《シールド・ドラゴン》』の大きな盾にも臆さず、側面に回り込む。

『盾に隠れる竜《シールド・ドラゴン》』は盾で体を隠す。

アイクの『火槍《ジャベリン》』は『盾に隠れる竜《シールド・ドラゴン》』の盾を貫くだけでなく、溶かして『盾に隠れる竜《シールド・ドラゴン》』の姿をあらわにする。

『盾に隠れる竜《シールド・ドラゴン》』は目に見えて狼狽《ろうばい》した。

『盾に隠れる竜《シールド・ドラゴン》』には自分の姿を見られるのを恐れる習性がある（そのため常に自らの体を盾で隠しているのだ）。

「もらった！」

アイクは盾の穴から侵入し、そのまま『盾に隠れる竜《シールド・ドラゴン》』に『火槍《ジャベリン》』を突き立てた。

『火槍《ジャベリン》』は見事に『盾に隠れる竜《シールド・ドラゴン》』の胴体を貫く。


【アイク・ベルフォードのスキル】

『槍術《そうじゅつ》』：A（↑1）

（このAクラスの称号はあなたに捧《ささ》げますよ。リゼッタ）


こうして『精霊同盟』は順調に力を付けながら、山を登っていった。

『巨大な火竜《グラン・ファフニール》』のいる火山の頂上まであと少しである。


火山の頂上、火口付近では、『巨大な火竜《グラン・ファフニール》』が、配下の『飛竜《ワイバーン》』から報告を受けていた。

配下から警告されるまでもなく、強い力が近づいてきているのを感じる。

以前、この山頂付近までたどり着いた黒衣のSクラス剣士と同等か、あるいはそれ以上の力を持つ重装騎士。

しかも黒衣の騎士と違って、強力な仲間達と連係を取りながら近付いてくる。

『巨大な火竜《グラン・ファフニール》』にとって気になるのはジルだけではなかった。

盗賊《シーフ》とも剣士ともつかぬ格好をした少女、カルラ。

竜族の力を減退させる忌まわしい一族の末裔《まつえい》。

しばらく力が衰えていたが、いつの間にか冒険者として腕を上げ、ついにSクラス冒険者まで引き連れて、近づいてきた。

『巨大な火竜《グラン・ファフニール》』はしばらく考えたあと、意を決したように目を開いた。

このままここで待ち構えているだけでは到底撃退できない。

かくなる上はこちらから出向いて、冒険者どもを脅《おびや》かす必要があるだろう。

『巨大な火竜《グラン・ファフニール》』はそのように結論すると、その重い腰を上げて、火口の出口へと向かった。

火竜《ファフニール》の襲撃

レオンは誇らしい気分で部隊を顧《かえり》みた。

（アイクとリズ、アーチーもAクラスになった。Sクラス1名にAクラス7名。すげぇ部隊になったもんだな）

かつてないほど頼もしい仲間達、しかもこの島特有の内輪揉《も》めの気配すらまるでない。

これだけの大部隊にもかかわらず、粛々とダンジョンを進んでいる。

（これなら『巨大な火竜《グラン・ファフニール》』だって倒せるかもしれねぇ。それもこれもロラン、お前のおかげだぜ。よくもまああの状態からここまで俺達を強くしたもんだ）

レオンは改めてロランに感謝の気持ちを抱くのであった。

その時、地面が揺れるのを感じた。

「ん？　なんだ？」

異変は瞬く間に部隊全体に伝わる。

「なんだ？　この揺れは？」

「まさか！」

レオンは火山の頂上を見上げた。

案の定火口からマグマが噴火しようとしている。

（おいおい、マジかよ！）

「レオン！　急いで退避だ」

少し先に進んでいたロランが、急いで戻ってきながら言った。

「おう、分かってる。分かってはいるが、この突然の噴火。こりゃまさか……」

「ああ。おそらく『巨大な火竜《グラン・ファフニール》』の仕業だ」

「だよな！」

「避難を最優先に。そのあとは……戦闘準備だ！」

『精霊同盟』は慌ただしく避難を開始した。

幸い、『精霊同盟』には火山の災害に慣れている地元冒険者が多数所属していたため、外部冒険者達を先導して速やかに避難することができた。

山の地形と風向きを考えて、マグマと噴煙の流れそうな場所を予測する。

飛来してくる噴石から身を守るため、岩陰や盾で上部を守りながら移動する。

また、噴火に伴い発生するガスや煙を避けるため、谷沿いや窪地《くぼち》に留《とど》まるのは避ける。

そうしてマグマと火砕流が『不毛地帯』を通り過ぎる頃には、全部隊どうにか安全な場所へと避難することができた。

ただし、避難を最優先にしたために部隊がそれぞれバラバラになるのは避けられなかった。

レオンは赤く輝くマグマの川と重く垂れ込める黒い煙が街へと向かっていくのを見て、ゲンナリする。

（また災害が起こっちまった。これで『巨大な火竜《グラン・ファフニール》』を討伐できなかったら、街では大顰蹙《だいひんしゅく》だろうな）

レオンがそんなことを考えていると、部隊の端で悲鳴と怒号が起こった。

「今度はなんだ!?」

レオンが声のする方を見ると、孤立した部隊が竜の鱗《うろこ》と狼《おおかみ》の牙を持ったモンスターに襲われている。

（あれは『ファング・ドラゴン』。『巨大な火竜《グラン・ファフニール》』の僕《しもべ》……）

『ファング・ドラゴン』はモニカに対してしていたように、その神速の俊敏《アジリティ》で冒険者達《たち》を刻んでは離れ、離れては刻むという攻撃を仕掛けていた。

（ちっ。バラバラになったところを狙われたか）

「カルラ。ちょっとあいつらを助けてやってくれ。うっ……」

レオンが指示を出そうとしたところ、地面に無数の影がさした。

『火竜《ファフニール》』達が空を覆わんばかりに群れ、飛び交っている。

そして部隊全てを覆うような巨大な影がさす。

「『巨大な火竜《グラン・ファフニール》』……」

レオンはその威容に呆然《ぼうぜん》とした。

その翼は空を覆い隠してしまいそうなほど広く、そのアゴはゾウをも呑《の》み込めそうなほど大きかった。

爬虫《はちゆうるい》類を思わせる眼球運動はセインと戦った時のままだったが、脱皮したばかりのヘビのようだったキラキラした肌はすっかり外気に晒《さら》されて、巌《いわお》のようにゴツゴツとしていた。

『巨大な火竜《グラン・ファフニール》』はしばらくの間、冒険者達を空から睥睨《へいげい》していたかと思うと、不意に『津波のような火の息《グラン・ブレス》』を放った。

地上は火の海に呑み込まれる。

地上の冒険者達全てが炎に包まれたのを確認すると、『巨大な火竜《グラン・ファフニール》』はようやく息を吹きかけるのをやめた。

これでほとんどの冒険者は戦闘不能に陥っただろう。

『巨大な火竜《グラン・ファフニール》』にとって有象無象の冒険者達が大挙してやってきてくれるのはありがたいことだった。

このように大部隊でやってきてくれれば、構成員のどこかに必ず脆弱《ぜいじゃく》な部分が生じる。

すると『津波のような火の息《グラン・ブレス》』のような全体攻撃で簡単に揺さぶることができる。

『津波のような火の息《グラン・ブレス》』でほとんどの冒険者は瀕死《ひんし》の状態だろうし、Sクラス重装騎士も無傷では済まないだろう。

あとは配下の『火竜《ファフニール》』達が雑魚冒険者達を追い立てて、自分はSクラスほか数名の上位冒険者さえ仕留めれば……。

『巨大な火竜《グラン・ファフニール》』がそう思いかけていたところ、地上をのたうち回っていた火炎が風にかき消されてゆく。

炎を切り裂くようにして現れた光景は、『巨大な火竜《グラン・ファフニール》』にとって予想だにしないものだった。

『火弾の盾』の下に2、3人の冒険者が寄り固まって、猛火に耐えている。

そんな光景がそこかしこに広がっていた。

盾使いは率先して皆の前に立ち、弓使い《アーチャー》や盗賊《シーフ》、剣士といった防御力の弱い者達を背後に隠して守っている。

防御力の弱い者達も、盾使いを信じて微動だにすることなく盾の内側でじっと耐えている。

熱風や酸欠に脅かされないよう対処しておくのも忘れなかった。

熱のこもりやすい場所や、空気の澱《よど》む場所は避けて、風通しのいい場所を選んで防御態勢を取る。

それだけのことをあの一瞬のうちに部隊全体で滞りなくやりのけたのだ。

パニックになって逃げ惑ったり、足の引っ張り合いをしたり、ダメージに悶《もだ》え苦しんだりしている冒険者は1人もいない。

ダンジョン探索を通して、ロランは徹底して『火竜《ファフニール》』の『火の息《ブレス》』対策を行ってきた。

その結果、今や『精霊同盟』に所属している冒険者はどれだけステータスの低い者でも、『火の息《ブレス》』に耐える方法を習得し、慌てず対処できるようになっていた。

『巨大な火竜《グラン・ファフニール》』は驚かずにはいられなかった。

自分の前に現れた冒険者達がこれほど団結し、勇敢に連係し合うことがいまだかつてあっただろうか？

そうして『巨大な火竜《グラン・ファフニール》』が自らの目を疑い、ついつい硬直しているのを見計らうかのように、まだ火炎渦巻く場所から赤い影が飛び出して、斬りかかってきた。

『巨大な火竜《グラン・ファフニール》』はそのあまりの速さにかろうじて翼で遮るのが精一杯だった。

翼を一撃突き刺された後、どうにかその女騎士をはたき落とす。

ジルは地面に真っ逆さまに落ちてゆく。

だが、目的はすでに果たしていた。

（よし。もらった！）

ジルが剣で貫いた部位、『巨大な火竜《グラン・ファフニール》』の翼の穴の開いた部分は急激に紫に変色したかと思うと、ぶくぶくと水膨れのように腫れ上がって、そのまま疱瘡《ほうそう》は傷口を起点に翼全体に広がり、心臓に向かって伝わっていこうとする。

猛毒が自らの体を蝕《むしば》みつつあることに気付いた『巨大な火竜《グラン・ファフニール》』は、急いで翼の紫に変色している部分を嚙《か》みちぎる。

嚙みちぎられた翼片は一度口に含まれた後、ぺっと吐き出された。

『巨大な火竜《グラン・ファフニール》』の唾液に塗《まみ》れた紫色の肉片が、地面にドスンと落ちる。

翼の破損した部分は『巨大な火竜《グラン・ファフニール》』の旺盛な生命力によって立ち所に再生していく。

『巨大な火竜《グラン・ファフニール》』は翼を翻して引き返そうとした。

少なくともこのまま空中に浮いているのはまずい。

先程のSクラス重装騎士の動きを見るに、高いところにいる目標でも容易《たやす》く攻撃できるし、遅効性とはいえ致命傷を与えることのできる猛毒を持っている。

早々に翼を負傷してしまったため、回復する時間も欲しい。

そういうわけで、『巨大な火竜《グラン・ファフニール》』は一旦戦場から離脱する素振りを見せた。

「待て！」

地面に落とされたジルは、すぐに立ち上がって、『巨大な火竜《グラン・ファフニール》』を追撃するべく再び飛び上がろうとした。

しかし、そこに『火竜《ファフニール》』達が一斉に襲いかかってくる。

「くっ」

『精霊同盟』は再び火の雨に晒されることになった。

(とりあえず第一段階は成功ってとこかな)

ロランは盾の隙間から、去って行く『巨大な火竜《グラン・ファフニール》』と少し遅れてそれを追うジルを見ながらそう思った。

『火弾の盾』は『津波のような火の息《グラン・ブレス》』をきっちり弾《はじ》いたし、リゼッタの作った猛毒は『巨大な火竜《グラン・ファフニール》』にもしっかり効いていた。

ジルも地面に叩《たた》きつけられた割に元気だった。

(問題は……)

ロランはカルラの方を見た。

カルラは今、エリオの盾の下に隠れているところだった。

耐久性の低い彼女は、この『火の息《ブレス》』の雨を前に動けずにいた。

動きづらいのは他の冒険者達も同じだった。

上部からひっきりなしに落ちてくる『火の息《ブレス》』を前に身動きが取れない。

上部を防御しなければならないのに加えて、側面からも『ファング・ドラゴン』による削り攻撃が来た。

上部と側面から揺さぶられて、このままではジリ貧だった。

（どうにかカルラをジルの下に行かせたいが、こうも防戦一方では……。カルラをエリオの側《そば》に居させたのは失敗だったか。『巨大な火竜《グラン・ファフニール》』がこんなに早く仕掛けてくるとは思わなかったから……。どうする？）

その時、地を揺るがさんばかりの大音声が戦場に鳴り響く。

「みんな、盾を上に向けながらここに集まれ！」

レオンの声だった。

『巨大な火竜《グラン・ファフニール》』の出現に呑まれていた彼だったが、自部隊が機能するのを確認するにつれ、自分を取り戻していき、今ではすっかりいつもの調子を取り戻していた。

「盾使いは『火の息《ブレス》』を防ぐことを最優先に！　『ファング・ドラゴン』の攻撃は剣士と盗賊《シーフ》で体を張って防げ！」

そうしてレオンは孤立している一つ一つの部隊に声をかけていき、糾合していった。

それぞれバラバラだった冒険者達は一つにまとまっていき、やがて隣や背後を味方で固めることができるようになったため、不安は後退し、各々が普段の力を発揮していった。

『火竜《ファフニール》』の方も息切れしてきたため、弓使い《アーチャー》が盾から体を出して、反撃に出る姿もチラホラ見られる。

（やはりこういう時、レオンの指揮能力は頼りになるな）

状況があらかた落ち着いて来た頃、ロランは次の手について考えを巡らせた。

（部隊はレオンに任せておけば大丈夫。あとは『巨大な火竜《グラン・ファフニール》』だ）

今頃、ジルは『巨大な火竜《グラン・ファフニール》』と戦っているはずである。

（どうにかカルラをジルの下へ行かせたいが……）

『火竜《ファフニール》』の『火の息《ブレス》』ならカルラの俊敏《アジリティ》でかわせるだろう。

問題は『ファング・ドラゴン』だった。

『ファング・ドラゴン』はおそらくカルラより速い。

カルラを1人で行かせれば、『ファング・ドラゴン』に追いつかれたうえ、ジルの下にたどり着くまでに消耗を強いられてしまう。

カルラをジルの下に遣わすには、その前にどうにか『ファング・ドラゴン』の脅威を退ける必要があった。

ロランは冒険者達《たち》の合間を縫うようにして、レオンに近づいた。

「ん？　どうしたロラン？」

レオンはロランが近づいたのに気づいて声をかける。

「レオン。カルラをジルの下に向かわせたい。そのためには『ファング・ドラゴン』を排除する必要がある」

「分かった。それじゃあ、Aクラスの奴《やつ》らを使ってくれ」

レオンから内諾を得たロランは、エリオ達Aクラスの面々に1人ずつ声をかけていった。

『ファング・ドラゴン』の1匹は、『精霊同盟』の周囲をぐるぐると回りながら隙を窺《うかが》っていた。

冒険者達は先ほどから互いに寄り集まって、陣を構築し、勝負に出てくれない。

どうしようかと思いながら、攻撃の機会を窺っていると、陣地の中から1人の盾持ちと盗賊《シーフ》が飛び出した。

どうもこの2人は『巨大な火竜《グラン・ファフニール》』の方に向かっているようだ。

『精霊同盟』の陣地から離れていく。

『ファング・ドラゴン』はこの2人を標的にすることに決めた。

盾使いの方は全身鎧《よろい》でガチガチに固めているため、倒し切るのは難しそうだが、盗賊《シーフ》の少女の方は軽装なため苦もなく倒せるだろう。

カルラは陣地から抜け出てすぐに付近で土煙が巻き起こるのを感じた。

(土煙！　『ファング・ドラゴン』か!?)

カルラが敵の接近に気づく頃には、すでに『ファング・ドラゴン』は最後の踏み込みに移っていた。

目にも止まらぬ速さで飛びかかり、その爪がカルラの胸元を深々と貫く。

……かに見えたが、『ファング・ドラゴン』の爪は空を捉え、そのままカルラを通り過ぎていく。

『ファング・ドラゴン』が捉えたと思ったカルラの姿は残像だった。

カルラは『ファング・ドラゴン』が近づいていることに気づいた瞬間、フェイントをかけてヘイトコントロールしたのだ。

いくら『ファング・ドラゴン』がカルラより速く動けるとはいえ、カルラの動きを完璧に捉えられるわけではない。

動体視力は普通のモンスターと変わりないのだから。

『ファング・ドラゴン』は首を傾《かし》げながらももう一度カルラにダメージを与えるべく攻撃を繰り出した。

しかし、何度攻撃しても『ファング・ドラゴン』の爪は空を切るばかりであった。

そうこうしているうちに残りの『ファング・ドラゴン』も集まってきた。

合計4体！

いくらカルラといえども捌《さば》き切れる数ではなかった。

四方八方から『ファング・ドラゴン』がカルラの間合いに詰め寄ろうとした時、火矢と爆風が巻き起こった。

ハンスの『魔法射撃《マジック・ショット》』とウィルの『爆風魔法』である。

攻撃を受けた4体はいずれもバラバラになって、その場に朽ち果てる。

（エリオとカルラが囮《おとり》になって、僕とハンスが仕留める。上手《うま》くいったな）

ロランはカルラへの危害がすべて排除されたと判断する。

「よし。カルラ、あとは僕達に任せてくれ。君はそのままジルの下へ」

カルラは微《かす》かに逡巡《しゅんじゅん》する素振りを見せる。

「『竜葬の儀式』を復活させるんだろう？　大丈夫。君ならできるよ」

ロランがそう言うと、カルラは頭を一つ下げて、その場を離れる。

その後、彼女はダンジョン内の誰も追い付けないスピードで『巨大な火竜《グラン・ファフニール》』の下へと向かった。

アレンジ&コーディネイト

ジルは『巨大な火竜《グラン・ファフニール》』と対峙《たいじ》していた。

追いかけること数時間。

どれだけ逃げても追いかけてくるジルを見て、『巨大な火竜《グラン・ファフニール》』もようやく観念したようだ。

翼をたたみ、地上に降り立って戦う構えを見せた。

「ようやく戦う気になったか。いくぞ！」

ジルは銀毒剣を突き出す。

『巨大な火竜《グラン・ファフニール》』は飛びのいてジルの剣をかわす。

ジルは気にせずさらに踏み込んでいった。

『巨大な火竜《グラン・ファフニール》』はさらに後ろにかわす。

ジルは思い切って『巨大な火竜《グラン・ファフニール》』の胸元に飛び込み、乱れ突きを浴びせる。

『巨大な火竜《グラン・ファフニール》』はジルが前のめりになったのを見て、グニャリと体を湾曲させ乱れ突き攻撃をかわした。

（うっ。なんて回避の仕方を……）

そしてそのままの体勢でジルを殴りつける。

「ぐっ……は」

ジルは吹っ飛び、木の幹に叩きつけられた。

(今のが……ロランさんの言ってた軟体)

『巨大な火竜《グラン・ファフニール》』は深追いするようなことはせず、体をブルブル揺らしながらジルの様子をうかがった。

ジルはすぐさま立ち上がって剣を構える。

(1撃。1撃入れることさえできれば、猛毒が『巨大な火竜《グラン・ファフニール》』を蝕《むしば》み、動きを鈍らせるはず)

ジルは一旦鞘《さや》に剣を仕舞ってから、再び抜き放った(こうすることで鞘に仕込まれた猛毒を刀身に行き渡らせる仕組みだ)。

それを見て、『巨大な火竜《グラン・ファフニール》』は警戒心を募らせる。

両者は再び走り出した。

互いの間合いを測りながら、細かいフェイントを入れて、不毛地帯を走り抜けていく。

どちらも相手を追い詰める手段を持たないため、相手の攻撃を待ち、一瞬の隙を突くカウンター狙いだった。

しばらく経《た》った頃、『巨大な火竜《グラン・ファフニール》』の行動パターンが変わった。

ジルに睨《にら》みを利かせながら、崖を尻尾で叩《たた》き始める。

(なんだ?)

ジルが訝《いぶか》しんでいると、崖が崩れ始めた。

礫《つぶて》が『巨大な火竜《グラン・ファフニール》』の足下に転がり、その中にはかなり大粒の岩石もある。

『巨大な火竜《グラン・ファフニール》』はその中の手頃なものを手に取ると盾のように構えた。

そしてジルに向かって突進してくる。

「っ」

ジルは慌てて盾で対応した。

今回の剣は刺突用。

いかにジルの並外れた腕力《パワー》をもってしても、岩を両断したり砕いたりすることはできない。

そういうわけで盾で受け止めるしかなかった。

「んぐぐ」

『巨大な火竜《グラン・ファフニール》』は毒剣を防ぐ手段を見つけたのをいいことに、そのまま岩に体重を乗せてジルを押し潰そうとした。

だが、ジルは腕力《パワー》で強引に岩石をどかし、『巨大な火竜《グラン・ファフニール》』の懐に潜り込んだ。

「はあっ」

銀毒剣を突き出す。

だが、やはり軟体でかわされる。

ジルも後ろに下がって、『巨大な火竜《グラン・ファフニール》』の反撃をかわす。

両者はまた距離を取って睨み合った。

『巨大な火竜《グラン・ファフニール》』はまた岩石を拾い上げた。

先程よりも大きめの岩石である。

（……まずいな）

『巨大な火竜《グラン・ファフニール》』は銀毒剣を防御しつつ、こちらを削る手段を見出《みいだ》しつつある。

いきなりやられるわけではない。

が、ジルの方がもっても装備の方が先に削られてしまう。

ジルが怯《ひる》んでいるのを見て取った『巨大な火竜《グラン・ファフニール》』は、心なしか先程より積極的に攻撃してくる。

岩を構えて突っ込み、ジルの盾に当てて、ゴリゴリと削り攻撃を加える。

（くっ。このままではジリ貧だ。何か。何か手段は……）

ジルが突破口を探していると、変化は思わぬところからやってきた。

Sクラスの戦場に、物凄《ものすご》いスピードで割り込んで来る盗賊《シーフ》が1人。

「加勢に来たぞ、ジル！」

「カルラ!?」

「ロランからの指示だ。２人で『巨大な火竜《グラン・ファフニール》』に当たるようにって」

（ロランさんの指示……）

カルラを見て、『巨大な火竜《グラン・ファフニール》』はむしろ喜んだ。

これはチャンスだ。

新たに駆けつけた盗賊《シーフ》、見たところ俊敏《アジリティ》は高そうだが、耐久性は低い。

耐久性の突出した重装騎士と俊敏《アジリティ》特化の盗賊《シーフ》。

上手く連係できるはずがない。

『火山のダンジョン』の主となって数十年。

『巨大な火竜《グラン・ファフニール》』は幾度となく人間達《たち》がこのダンジョンに挑戦し、そして失敗するのを見てきた。

その多くは『巨大な火竜《グラン・ファフニール》』が手を下したのではない。

自滅したのだ。

人間という生き物は、群れで行動するにはあまりにも個々の価値観や利害に相違がありすぎる。

外部と地元が共同して探索しなければならないこの島では、冒険者達は常に足の引っ張り合いを演じてきた。

その争いに折り合いをつけられた人間は未《いま》だかっていない。

この島にも外から沢山の強者《つわもの》共が徒党を組んで、『巨大な火竜《グラン・ファフニール》』を討伐せんとやってきたが、どんな強者達でも、いやむしろ強ければ強いほど、人間達は激しく相克しあった。

故にこの2人もその戦闘スタイルのギャップをつければ、あっさりと仲間内の対立を表面化させるだろう。

『巨大な火竜《グラン・ファフニール》』はそう思い、心の中でほくそ笑んだ。

まず、手始めに『津波のような火の息《グラン・ブレス》』を浴びせることにする。

広範囲に高火力を噴射する『津波のような火の息《グラン・ブレス》』となれば、この脆弱《ぜいじゃく》な盗賊《シーフ》には受け切れまい。

そうなれば、重装騎士が庇《かば》うことになる。

重装騎士は援護を受けるどころか、足手まといを抱えることになり、防御に回る時間が増え、イライラが募り、2人の関係はギクシャクして、やがては破綻するだろう。

『巨大な火竜《グラン・ファフニール》』は持っていた岩を投げる素振りを見せてフェイントをかけた上で、『津波のような火の息《グラン・ブレス》』を放った。

(『津波のような火の息《グラン・ブレス》』!?)

(カルラの耐久性の低さを狙って!?)

辺りは業火に包まれた。

「カルラ。私の後ろに隠れろ！」

「くっ」

ジルは盾を構えながら急いでカルラと合流する。

『巨大な火竜《グラン・ファフニール》』は早速自分の思惑通りになってほくそ笑んだ。

あとは一方的に攻撃するだけ。

だが、思い通りにはいかなかった。

「はあああっ」

ジルは盾で炎を防ぎながら前進していた。

後ろにいるカルラは盾が炎を弾《はじ》くことで作り出す僅かな安全地帯、ジルの後ろ1メートルにピッタリとつきながら、ジルのスピードに合わせて一歩も離れることなくついていく。

『巨大な火竜《グラン・ファフニール》』は驚愕《きょうがく》した。

バカな。

怖くないのか？

この炎の川を前に、少しでも2人の移動スピードがズレれば、後ろにいるカルラは炎に呑《の》み込まれてしまうだろう。

互いに深い信頼がなければ成り立たない芸当だ。

『巨大な火竜《グラン・ファフニール》』は慌てて『津波のような火の息《グラン・ブレス》』をやめて、岩を手に取った。

炎がダメなら岩で押し潰すまで。

『巨大な火竜《グラン・ファフニール》』は殊更勢いよく岩をジルに押し付けた。カルラが怖がるように。

そのままジルの後ろにいれば巻き込まれるぞ、と言わんばかりに。

だが、カルラはジルの後ろに付き続けた。

ジルも無理に岩をどけようとせず、受け止めることに専念する。

(私が攻撃する必要はない。なぜなら……)

『巨大な火竜《グラン・ファフニール》』は突如として謎の斬撃に襲われた。

カルラの『影打ち』である。

人物、盾、そして岩石越しに伝わってくる斬撃に『巨大な火竜《グラン・ファフニール》』も流石《さすが》に泡を食って、後ろに下がる。

すかさずジルとカルラは『巨大な火竜《グラン・ファフニール》』を追撃する。

カルラはジルの後ろから残像を見せて、『巨大な火竜《グラン・ファフニール》』を翻弄することも忘れない。

(ロランが教えてくれた。強力な盾使いの後ろ、ここが私の戦う場所だ!)

『巨大な火竜《グラン・ファフニール》』は2人の高度な連係にただただ驚く他ない。

これまで見てきたどの冒険者達も強ければ強いほど、互いに個性を主張し、反目してきた。

しかし、彼らは、この部隊は……。

『巨大な火竜《グラン・ファフニール》』はまだ知らない。

どれだけ強い個性同士でも、組み合わせと微調整《アレンジ&コーディネイト》により、高度に連係させながらも強烈な個性をより強烈に輝かせることができる存在、S級鑑定士の存在を！

ジルは『巨大な火竜《グラン・ファフニール》』の懐に入り込んだ。

銀毒剣を突き出す。

『巨大な火竜《グラン・ファフニール》』は軟体でかわす。

しかし、ジルに気を取られてカルラが密《ひそ》かに側面へと回り込んだのは見落としてしまう。

「はああっ」

カルラは『回天剣舞』を放った。

剣の間合いの遥《はる》か先まで斬撃が伸びる『回天剣舞』は軟体でもかわしきれなかった。

致命傷はどうにか避けるものの、『巨大な火竜《グラン・ファフニール》』は体が重くなるのを感じた。

『回天剣舞』Sに付与される特殊効果『竜葬の舞』によって竜族の弱体化を受けていた。

ジルは『巨大な火竜《グラン・ファフニール》』の動きが鈍ったのを見逃さず、銀毒剣でその大きな心臓を貫く。

猛毒は立ち所に巨竜の心筋に行き渡り、息の根を止めてしまう。

エドガーの出張

『巨大な火竜《グラン・ファフニール》』の巨体が膝をつき、そのまま地面に横たわる。

カルラはその様を少し離れた場所から見ていた。

（やった……のか？）

戦っている際は夢中だったものの、実際に倒したとなると実感が湧かなかった。

しかし、『巨大な火竜《グラン・ファフニール》』の死体が痙攣《けいれん》して口元から何かを吐き出したのを見ると、信じないわけにもいかなかった。

ジルとカルラは『巨大な火竜《グラン・ファフニール》』の吐き出した紅《あか》い珠《たま》の下に駆けつける。

「ジル。それは？」

「『巨大な火竜《グラン・ファフニール》』の竜核みたいだな」

ジルが紅い珠を拾いながら言った。

「どうした？　浮かない顔だな」

ジルがカルラの顔を見ながら言った。

「うん。その……」

（『巨大な火竜《グラン・ファフニール》』を倒したとして、『竜葬の儀式』は……）

カルラがそんなことを考えていると、ガヤガヤと大勢の足音が近づいてくるのが聞こえてきた。

「ジル！　カルラ！」

「あっ、ロランさん」

ジルはパッと顔を明るくさせて、ロランの下に駆けつける。

「『巨大な火竜《グラン・ファフニール》』は……倒せたみたいだな。流石だね」

「はい！　ロランさんが丁寧に地均《じなら》ししてくださったおかげで、さほど苦労せず倒すことができました。あと彼女、カルラも頑張ってアシストしてくれました」

「そうか。カルラ、君もよく頑張ったね」

「えっと。その……」

「ふむ。どうやら、『竜葬の舞』も成功したようだ」

「えっ？　本当に？」

「うん。竜核をアイテム鑑定してみたら、『竜葬の舞』の効果が付与されているよ」

「……」

「だから、あとは儀式を完遂させるだけだ。『巨大な火竜《グラン・ファフニール》』の身体《からだ》の一部を火口に投げ入れて、竜核を街の祠《ほこら》に捧《ささ》げれば、君の悲願である『竜葬の儀式』復活も……」

「うっ。ロランっ」

カルラは感極まってロランに抱きついてしまった。

「えっ？　カルラ？」

「ロラン。ありがとう。本当に……」

カルラはロランの胸で泣きじゃくった。ロランはカルラの頭に手を置いて落ち着かせる。

「カルラ。儀式を完遂させるには山頂に行く必要がある」

「……うん」

「みんなで行こう。山頂へ」


『精霊同盟』が『巨大な火竜《グラン・ファフニール》』を倒した頃、街では『白狼《はくろう》』が『精霊同盟』に最後の攻撃を仕掛けようと、『竜の熾火《おきび》』に掛け合っていた。

火山が噴火した。これは『精霊同盟』が『巨大な火竜《グラン・ファフニール》』に敗北したために違いない。

下山してくる『精霊同盟』を待ち伏せすれば確実に勝てる。

『竜の熾火』は我々を支援してほしい。

この要請を受けて、『竜の熾火』では打倒『精霊同盟』の機運が再び高まった。

ラウルも『精霊同盟』を倒すための装備案を再度エドガーに提出する。

だが、このような状況にあって、当のエドガーはというと醒《さ》めた気分でいた。

今もギルバートからの報告に耳を傾けながら、しきりに頷《うなず》いているところだ。

「ふーむ。そうか。ダンジョン内でそんなことが……」

「そうなんすよ。見てくださいこれ」

ギルバートはジルの攻撃を受けてひしゃげた鎧《よろい》を机に載せる。

「これはジルの攻撃を受けてこうなったんですけど……」

「ああ、なるほど。こりゃ酷《ひど》いな」

腐ってもAクラス錬金術師であるエドガーは、その破損した鎧を見てすぐにどのような戦闘があったのか察した。

「いや、ありがとう。君の報告がなければうっかりジャミル達《たち》の言うことを鵜呑《うの》みにしてしまうところだったよ」

「で、ものは相談なんだけどよ……」

ギルバートはエドガーの側《そば》にそそくさと寄って耳元で囁《ささや》き始めた。

その様子は商談相手に対するものから、気の置けない友人へのそれにすっかり成り代わっていた。

「俺の考えではもうあいつらは……、『白狼』は終わりだと思うんだよね」

「ふーむ」

「いわば切り時ってやつだ。そう思わねぇか？　あんたも経営者なんだからさ。身の振り方を考えて、冷静な判断って奴《やつ》をやんないとだな。というわけで、例の計画、考えてくれてもいいんじゃねぇかな？」

ロラン達は『巨大な火竜《グラン・ファフニール》』の牙、翼、鱗《うろこ》、骨格、体皮、角などを切り取り、アイテム化して、『竜葬の儀式』を完遂させるべく山頂へと進んだ。

今回はとりあえず牙を火口に放り込んでみる。

すると火口から邪気が祓《はら》われ、清らかな空気が流れたかと思うと、山頂付近の灰色の土に僅かに緑が芽吹き始めた。

街からはより幻想的な光景が見えていた。

火山の頂上に光のカーテンがかかり、まるでオーロラがかかっているかのようだった。

年配の島民は目を丸くしてその光景に見入った。

十数年前に途絶えて以来、執り行われることのなかった『竜葬の儀式』がまた見られるとは思いも寄らなかったのだ。

ウェインとパトはクエスト受付所からの帰り道、人々に捕まっては質問攻めにあっていた。

火山の頂上にかかったあの光のカーテンは何だ？

『精霊同盟』は『巨大な火竜《グラン・ファフニール》』を倒したのか？

ロラン・ギルの計らいで『竜葬の一族』が復興されたと聞いたが、その噂《うわさ》は本当か？

「分からねーっつの。まだロランも帰って来てないってのに」

しつこく聞いてくる街の人達をあしらいながら、ウェインは苛立《いらだ》たしげに言った。

「はは、そう怒るなよ。もう10年以上倒せなかった『巨大な火竜《グラン・ファフニール》』を討伐したかもしれないんだ。地元の人間として事の顛末《てんまつ》が気になるのは仕方ないよ」

「そうは言ってもよぉ。何人目だよ聞いてくんの」

「まあまあ。全てはロランさんが帰って来ればハッキリするよ。君がロランさんに見せたいって言ってた例の魔石も、もうすぐ量産化の目処《めど》が立ちそうなんだろう？」

「へっ、まあな。見ろよこれ」

ウェインはポケットから深紅の魔石を取り出して指で弾《はじ》き、手でキャッチする。

「『マグマの魔石』。この魔石の力を引き出せば、炎系魔導師の攻撃力を大幅に上げることができる」

「炎系魔導師か……。となれば、北の大陸への販路も開けるかもしれないね」

北の大陸では炎魔法に対する需要が高いにもかかわらず、慢性的に優秀な魔導師が足りないと言われていた。

島内では『竜の熾火』のシェアを奪いつつある『精霊《せいれい》の工廠《こうしょう》』だったが、島外への輸出に関してはまだ弱い。

『マグマの魔石』は島の外へ足掛かりを作る上でもってこいの品物と言えた。

「島の外へ販路を築くことができれば、アイナさんの『外装強化《コーティング》』装備や僕の『調律《チューニング》』を施した楽器も売ることができるし……」

「もっと手広く商売することも可能ってわけだ。そして何よりも！『竜の熾火』の島外の顧客を奪うことにつながるぜ。そうすりゃエドガーの野郎にも吠《ほ》え面《づら》かかせてやることができるな」

「ハハ。そうだね。……ん？」

パトは突然足を止めた。

その視線は港に停泊している船とそこに出来ている人集《ひとだか》りに注がれている。

「パト？どうしたんだよ？」

「いや、あの船……」

「あん？貨物船か」

それは島で作られた品物を外へ輸出するために特別にあつらえられた貨物船だった。

この島で外に向かって輸出できる品物など限られている。

島由来の高級な嗜好品《しこうひん》と特産品。

そのほとんどは『竜の熾火』で造られた装備だ。

「ちっ、忌々しいな。だが、それがどうした？貨物船が『竜の熾火』の装備を載せるなんていつものことだろ？」

「うん。けれどもおかしいよ。貨物船はいつもなら月の終わりに出港するはずなのに。あの様子、まるで明日にでも出港するかのようだ」

「ん？　確かに。言われてみれば妙だな」

ウェインは今日の日付を思い出しながら呟《つぶや》いた。

「何かあったのか？」

「聞いてみよう。あの、すみません」

パトは積荷の運搬を指示している船員に尋ねてみた。

「ん？　なんだい？」

「一体どうしたんですかこの騒ぎは？　まるで明日にでも出港するかのようですね」

「ああ。明日急遽《きゅうきょ》出港することになったんだよ」

「へえ。そりゃまたどうして？」

「なんでも『竜の熾火』ギルド長のために急遽予定が変更されたそうですよ」

「エドガーのために？」

「ええ。なんでも急に島の外に出張する用事ができたそうで」

「出張……」

「ずいぶん急な話だな」

パトは腑《ふ》に落ちない様子で言った。
ウェインも不審げに眉を顰《ひそ》めた。
(エドガーが出張? このタイミングで?)
彼独特の嗅覚が悪事の匂いを嗅ぎつける。

見捨てられし者達

『白狼』は玉砕覚悟で攻撃を仕掛けるべく、ダンジョンを進んでいた。

しかし、この肝心な時にあってギルバートはいない。

セバスタとウィリクは落ち着かない気分だった。

「おい、ギルバートはどうした？　この肝心な時に一体どこに行ってしまったんだ？」

「おかしいですねぇ。ダンジョンに入った後で合流すると話していたのですが」

「合流するもなにも、もう『メタル・ライン』を越えてしまったではないか。これでは合流しようにも……」

「……ギルバートのロランへの憎しみは本物です。彼を信じましょう」


一方、『竜の熾火』の職員達はクレーム対応に追われていた。

エドガーのせいでメチャクチャになった組織は、事務的な連絡ミスや不良品の大量発生を連発しており、冒険者ギルドや商店から苦情が殺到していた。

ギルド内では諍《いさか》いや余計な雑務が蔓延《はびこ》り、職員の士気はすっかり下がって、欠勤や労災、職務規定違反の数は急上昇し、上級職員はその後始末に奔走する羽目に陥っていた。

これまで聖域扱いされていたラウルでさえ、自分の仕事を中断して、クレーム処理に回らざるを得なくなる。

「ラウルさん。セピア商会からクレームです」

「またクレームか」

「納品した鎧に不良品が大量に交ざっていたらしくて……」

「チッ。分かった俺が対応する」

（エドガーの奴、こんな時にギルドを留守にしやがって）

ラウルはついつい心の中で恨み言を呟いてしまう。

エドガーは数日前急遽出張に出かけると言って、後の事をラウルとシャルルに託し出かけてしまった。

（ギルドがこんなに大変だってのに。出張なんてしてる場合かよ）

そうしてラウルがクレーム処理に忙殺されていると、また下級職員が駆け込んできた。

「ラウルさん。大変です！」

「今度はなんだ？」

「前ギルド長が工房《アトリエ》に侵入して騒いでいます。エドガーを出せとか言いながら」

「はぁ？　メデスが？」

（あいつ収監されてるんじゃなかったのかよ）

「アイツはもう関係者じゃねぇだろ。つまみ出せ」

「ダメです。受付を突破されました」

すぐに受付の方から悲鳴と何かの備品が倒れる音が聞こえてきた。

メデスが暴れている音だ。

ラウルは頭を抱えずにはいられなかった。


「エドガー！　どこにいるエドガー！　ワシをハメおったな。許さんぞエドガー！」

「おやめください。ここは関係者以外立ち入り禁止です」

「るせぇ！」

「きゃあっ」

メデスは止めに入った女性職員を突き飛ばした。

そうして残った男性職員に詰め寄る。

「ひぃっ」

「おい、貴様。エドガーはどうした。奴《やつ》は一体どこにいる？」

「ギルド長は出張されています」

「何？　出張だと？　こんな時に出張とはどういうつもりだ！　ギルド長の仕事をなめとんのか！」

メデスは職員を一喝した。

職員はタジタジになってしまう。

すでに法的にはギルド長の役職を解かれたとはいえ、元々は自分を雇っていた人間だ。怒鳴られれば、習性でつい畏《かしこ》まってしまう。

(ええい、あの裏切り者が。まあいい。それよりも例の資金を早く回収せねば)

『竜の熾火《おきび》』の金庫には、メデスが反社時代に稼いだ闇資金が隠されていた。

捜査当局にこれが見つかれば、彼の罪状は重くなる上に、資産を差し押さえられてしまう。

その前に、資金洗浄して資産だけでも守らなければ。

(もはやムショにぶち込まれるのは避けられん。だが、あの資金。苦労して稼いだあの資金だけはどうにか守らねば。エドガーがいないのは予想外だったが、まあいい。むしろ資産の移動には好都合というものよ。どうにか仮釈放を勝ち取った今のうちに……)

メデスは念のために持っていた合鍵でギルド長室の金庫を開け、中にある金塊を取り出そうとした。

しかし、金庫の中身は空っぽだった。

(あ、あれ？　ワシの、ワシの金塊は？)

メデスの裏資金ばかりではない。

ギルドの共有資金まですっかりなくなっている。

「あ、いたぞ。メデスだ」

「取り押さえろ」

ラウルが警備員を伴ってやってくる。

「ぐあっ。な、何をする。は、はなせー」


誰もいない港で2人の男が物陰に隠れながら周囲の様子を窺《うかが》っていた。

「どうだギルバート？」

「大丈夫誰もいねぇ。問題ないぜ」

「よし。それじゃ作業に移るか。よいしょっと」

物陰に隠れていた2人の男、エドガーとギルバートは『竜の熾火』の金庫から運んで来た金塊を明日積み込まれる予定の木箱の中に紛れ込ませる。

「あのジジイ。まさかこんなデカい金塊を隠し持っていやがったとはな」

ギルバートが金塊を見ながら言った。

「ククク。ギルドのバカ共め。俺達《たち》が金庫の中身を持ち出しているとも知らずに。今頃、必死でクレーム対応でもしてるんだろうなぁ。それはそうとギルバート。これから行く『裏宿の街』だっけ？　そこでは出所不明の手形や資産も換金してくれる。あの話は本当だろうな？」

「ああ。間違いないぜ。俺も以前所属していたギルド（『金色の鷹《たか》』以前に所属していたギルド）からちょろまかした資産はそこで現金化したし」

「よし。ならいい」

「んじゃ、さっさと船に積み込んでトンズラしようぜ。この島の観光名所に寄れないのは名残惜しいが……」

「つーか、お前、仲間はいいの？　セバスタとウィリクだっけ？　同じ街出身の奴らなんだろ？」

「あー、いいんだよ。最初から利用するつもりしかなかったし。あのバカ共にも愛想尽かしてたところだ」

「ククク。お主も悪よのぉ」

「いえいえ。お代官様ほどでは」

「「ハハハ」」

「誰がお代官様だ。この腐れ外道が」

「「!!」」

2人は突然降りかかった刺々《とげとげ》しい声に振り返った。

見るとそこにはウェインとパトがいる。

「こんな事だろうと思ったぜ。何が出張だ。ただの横領じゃねーか」

ウェインはギンと眼光鋭くにらみつける。

「ギルドの金をコソ泥するとは。いよいよ腐るとこまで腐っちまったみてぇだな。エドガーよぉ？」

「エドガーさん。そのお金はギルドの共有財産です。『竜の熾火』の立て直しと職員達の給与に充てられるべきものです。今なら間に合います。思いとどまってください」

パトもいつになく怒った口ぶりで言った。

「あん？　ウェイン、パト。てめぇら、誰に向かって口《くち》利いてんだ？」

「待て。エドガー、ここは穏便に事を運ぼう」

ギルバートが遮った。

「ウェインとパトだっけ？　どうかな。ここはこの資産を4人で山分けするとしよう。なぁに資産の切り売りは任せたまえ。俺の手にかかれば……」

「誰がテメーらの口車になんざ乗るか！　こちとら何度も同じ奴に騙《だま》されるほど、お人好しじゃねーんだよ！」

ウェインはそう言うと、2人に向かって殴りかかっていった。

『火山のダンジョン』では、『白狼《はくろう》』が『精霊同盟』に対して最後の攻撃を仕掛けていた。

セバスタはジルを見るなり突撃した。

「貴様、ジル・アーウィンだな？　新人のくせにワシを飛び越えて街一番の人気者になった恨み、ここで晴らさせてもらうぞ。ぐふぁっ」

鎧袖一触《がいしゅういっしょく》。

セバスタはジルに一撃であっさり吹き飛ばされて、戦場の彼方《かなた》へと飛んで行った。

たまたまその場にいたウィリクはセバスタの下敷きになる。

（今、何か当たったか？　聞き覚えのある声で私の名前を呼んでいた気がしたが……）

ジルは首を傾《かし》げるものの、声の主を思い出すことはできず、気を取り直して『白狼』の本隊へと突っ込む。

『巨大な火竜《グラン・ファフニール》』との戦闘によって、『精霊同盟』が満身創痍《まんしんそうい》になっていると見越した『白狼』だが、『精霊同盟』は彼らの期待したほど消耗していなかった。

むしろ、街を出た時よりもAクラス冒険者は増え、戦力増強されていた。

『白狼』は襲撃する度に手酷《てひど》い反撃を喰《く》らい、後退を余儀なくされる。

ロランはこの機会に決定的な打撃を与えるべく『白狼』を追撃することにした。

ロドは空から『精霊同盟』に攻撃を加えるべく、『火竜《ファフニール》』へと指令を出した。

しかし、『精霊同盟』の方でも『火竜《ファフニール》』を繰り出して対抗してくる。

それも普通の『火竜《ファフニール》』ではない。

『障壁を張る竜《バリア・ドラゴン》』である。

通常の『火の息《ブレス》』だけでなく、障壁を張る能力も持ち合わせた『障壁を張る竜《バリア・ドラゴン》』に普通の『火竜《ファフニール》』が敵《かな》うはずもなく、ロドの操る竜達は一方的にやられた。

（そんな……。俺の竜が……）

パトの『調律《チューニング》』が向上し、『不毛地帯』で場数を踏んだこともあって、吟遊詩人のニコラはAクラスの竜族でも操れるようになっていた。

たまらずロドは撤退を指示する。

ロランはその隙を見逃さなかった。

「レイ。演奏頼めるかい？」

「うむ。任せてくれ」

外部ギルド『紅砂の奏者』隊長のレイは、待ってましたとばかりに仲間達に指示を出す。

「ようやく俺達の出番か」

「待ちくたびれたぜまったく」

『紅砂の奏者』の吟遊詩人達は『鬼音』と『狼音《ろういん》』の効果が付与された竪琴《ハープ》や笛、弦楽器で演奏を始める。

すぐに周囲の林や岩陰がざわめき始め、鬼族や狼《おおかみ》族が飛び出して、逃げ惑う『白狼』を追撃し始める。

いかにヒット&アウェイで鍛えられた『白狼』の盗賊《シーフ》達といえども、狼族を相手に逃げ切ることはできず、回り込まれてしまう。

そしてすぐに『精霊同盟』の戦士《ウォーリアー》達に後ろから迫られた。

「いたぞ。『竜笛』の使い手だ」

「取り囲め！」

「う……ぐっ」

ロドはもはや抵抗もここまでと悟り、大人しく投降した。

残るはジャミル率いる本隊だけである。

ロランは索敵網を広げた。

なるべく素早く下山しながら、索敵を行っていると、ついに敵本隊の位置をリズが摑《つか》んだ。

ロランはすぐに『精霊同盟』の最強部隊を差し向ける。

ジャミルは周囲を警戒しながら、あらかじめ約束していたロドとの合流地点で待ちあぐねていた。

（ロドが帰ってこない？　まさか、『精霊同盟』にやられたのか？）

そうこうしているうちに周囲を哨戒《しょうかい》していた盗賊《シーフ》が帰ってくる。

「隊長。『精霊同盟』がこちらに向かって来ます。どうやら見つかってしまったようです」

「隊長。回り込まれました。退路も塞がれています」
（チィ）
「戦闘準備だ。急げ」

追い詰められたジャミルは雌雄を決するべく、『精霊同盟』の最強部隊を待ち受けた。

しかし、無駄なことだった。

Aクラスとなったアーチーの防御力とアイクの攻撃力の前に前衛は削られ、ダメ押しとばかりにきたジルの突撃で、ものの1時間も経《た》たないうちに部隊は壊滅してしまう。

ジャミルは1人でその場から逃れることを余儀なくされた。

持ち前の素早さと判断力でどうにか森まで逃げられそうだったジャミルだが、すんでのところで1人の盗賊《シーフ》に行く手を阻まれる。

カルラだった。

「チィ。どけ！」

ジャミルはカルラに斬りつけるが、余りにも素早い動きを前に余裕でかわされ、むしろ反撃を受けてしまう。

(な……に……)

肩を斬りつけられ、うずくまる。

その拍子に眼帯もずれ落ちた。

「もう無駄な抵抗はやめろ。お前達はここまでだ。大人しく投降しろ」

ジャミルは斬りつけられた腕を庇《かば》いながらも不気味に笑った。

「ククク。できない相談だな」

「バカな。もう趨勢《すうせい》は決したことが分からないのか？　一体なぜそこまでして……」

「どれだけ追い詰められようが、関係ない。もはや後戻りはできないんだ。俺もお前と同じ。島から見捨てられた人間だからな！」

「うっ。お前は……」

ジャミルの眼帯が完全に落ちて、その素顔が露《あら》わになる。

カルラはここに来てようやく彼の顔を思い出した。

よく彼女の生家にも遊びに来ていた親族の少年。

ジャミルもまた『竜葬の一族』の末裔《まつえい》だった。

ジャミルはカルラが怯《ひる》んだ一瞬の隙を突いて最後の力を振り絞り斬りかかってくる。

「くっ」

カルラは何かを振り払うようにかぶりを振った後、ジャミルを一刀の下斬り伏せた。

勇者は再び島を去る

港ではウェインがエドガーの身柄を押さえていた。

「ハァハァ。手こずらせやがって」

「くっ。はなせ」

「神妙にお縄につきやがれ。メデスと一緒に仲良くムショにぶち込んでやるぜ」

「ふざけんな。なんで俺があんな野郎と……」

「自業自得だろうが。歯ぁ食いしばれ！」

「ぐふっ」

ウェインはエドガーの横っ面をしたたかに殴りつけて気絶させた。

「ザマァねえな、クソ野郎。どうだ、臥薪嘗胆《がしんしょうたん》、艱難辛苦《かんなんしんく》の末に俺は復讐《ふくしゅう》を成し遂げたぜ」

ウェインはミミズ腫れした顔で天に向かって拳を振り上げる。

周囲の景色を無視して、彼の立ち姿だけにスポットライトを当てれば、苦闘の末、何かを勝ち取った男の姿に見えなくもない。

「まったくよく言うわ」

アイナが呆《あき》れたように言った。

「私達《たち》が駆けつけなければ、危なかったでしょうにね」

リゼッタも同調するように言った。

2人は鎧《よろい》を身に纏《まと》い『竜穿弓《りゅうせんきゅう》』と『火槍《ジャベリン》』を装備している。

その後ろにはギルバートを鎖で縛り上げているロディとアイズの姿があった。

パトはその傍らでのびており、リーナの介抱を受けている。


エドガーとギルバートに威勢よく挑みかかり、しばらく互角の殴り合いを演じていたウェインとパトだったが、徐々にエドガーとギルバートの方が優勢になっていった。

そうして危うく負けそうになったところに、リーナから2人の様子がどこかおかしいと聞いたアイナ、リゼッタ、ロディ、アイズらが武具を装備し、応援に駆け付けた。

『竜穿弓』と『火槍《ジャベリン》』を恐れたエドガーは、目に見えてへっぴり腰になり、次第にウェインに押され始めた（ギルバートはあっさり降伏した）。

そしてアイナ達が若干白々しい気持ちで見守る中（「手を出すな。これは俺の喧嘩《けんか》だ」とウェインが言ったため、手を出さず見守った）、ついにウェインがエドガーを倒してマウントポジションを取ったというわけである。

こうしてエドガーの企《くわだ》ては失敗に終わった。

2人は仲良くメデスと一緒に当局へと送致され、メデスの反社時代に蓄えられた金は押収された。

『竜の熾火《おきび》』の共有資産は無事金庫へと戻される。


次の日、『精霊同盟』が街へと帰還した。

『巨大な火竜《グラン・ファフニール》』の竜核を携えての堂々とした帰還を、人々は歓呼の声で迎えた。

街は歓喜の渦に包まれた。

ジル・アーウィンはダブルSの称号を授かった（カルラのアシストがあったとはいえ、『巨大な火竜《グラン・ファフニール》』遭遇前の貢献を加味すれば十分Sクラス討伐の要件は満たしていると判断された）。

アーチー、リズ、アイクなど新たにロランの鍛錬を受けた冒険者達も順当にAクラスの認定を受けることになった。

『精霊《せいれい》の工廠《こうしょう》』の名声は海を越えて世界中に響き渡るだろう。

街では誰もがこのめでたき日を喜び、飲めや食えやのお祭り騒ぎに興じるのであった。

吟遊詩人は『火竜《ファフニール》』を倒した数々の冒険者達を讃《たた》え、曲を作り、歌を歌った。

そうして宴《えん》もたけなわ、街の盛り上がりも最高潮に達していたが、ロランとジルの冒険は終わりを迎えようとしていた。

港に『冒険者の街』行きの船が到着したのだ。

カルラは港まで来て、ロランを見送っていた。

「『竜葬の一族』の復興、上手《うま》くいきそうなんだってね」

「うん。『竜葬の儀式』が成功したことで街の人々の注目と敬意を再び集めることができそうだ。島の外に移住した一族の者にも手紙を送ったところ、前向きな返事がきた。来年はもっと立派な儀式を執り行えると思う」

「そうか。よかった」

「……本当に、もう行ってしまうのか？」

カルラはまだロランを帰したくなかった。

もっとこの島にいてほしかった。

「僕はこれから『冒険者の街』に帰って溜《た》まりに溜まった内務を処理しなければならない。流石《さすが》にギルドを留守にし過ぎた。これ以上は執行役としての面目にかかわるからね」

カルラはロランの袖をつかんだ。

「なぁ。せめてもう少しだけこの島に留《とど》まったらどうだ？　街で鑑定士に名誉を与えようという動きがあるんだ。せめてそれまで待って……」

「カルラ。僕はもう十分名誉を受けたよ。『竜葬の儀式』の復活、地元ギルドの復興、『精《せい》霊《れい》の工廠《こうしょう》』支部の設立、『巨大な火竜《グラン・ファフニール》』の討伐。これら全てのことで僕は色んな人々の成長を手助けすることができた」

「でも、お前自身が。まだS級鑑定士自身は街から何の栄誉も受けていないじゃないか！」

「みんなを助けることができた。僕はそれで十分なんだ」

「ロランさん、出港の準備ができたそうです」

すっかり従者のようになったジルがロランの下に来て言った。

「うん。ありがとうジル。すぐに行くよ」

尚《なお》も名残惜しそうにするカルラに、ロランは微笑《ほほえ》みながら告げる。

「カルラ。これからだよ。『巨大な火竜《グラン・ファフニール》』を討伐して、竜族の力が弱まり、『火山のダンジョン』では新たな種族が力を伸ばしつつある。『竜葬の一族』の伝統を守るためにも、君はこれから奮闘しなければならない」

「……」

「次に僕がこの島に来るまで、『竜葬の一族』の伝統と『精霊同盟』を守っておくれ」

「……うん。分かった」

ロランはカルラと抱擁を交わして、船に乗り込む。

カルラは船が出港しても埠頭《ふとう》に立ち続けた。

少しでも長くロランの顔が観《み》られるのではないかと期待して。

ロランとジルも甲板に立って、港に立つカルラや他のみんなに向かって手を振り、別れを惜しんだ。

「さらばだ、『竜葬の一族』カルラ。また会おう。今度はきっと『冒険者の街』に君を招待するよ」

やがて船は地平線の向こうへと去って行った。

「ロラン。ありがとと」

カルラは船が見えなくなったところで、呟《つぶや》いた。

街からは吟遊詩人達の演奏に乗って、サキの歌声が聞こえてきた。

この島の人間であれば誰でも知っている歌、消えた勇者の歌。それをアレンジしたものである。

今後、おそらく次の勇者が現れるまで人々の間で歌い継がれるであろう歌だった。

かつて、この島には勇者がいた。

彼は錆《さ》びついた錬金術を鍛え、朽ちかけたギルドに光を当て、埋もれた才を見出《みいだ》して『火竜《ファフニール》』を討ち果たした。

やがて勇者は立ち去った。

ああ、あなたは一体どこへ行ってしまったのか。

その身に浴すべき名誉も受けずに。

竜の踊り子の想《おも》いも知らずに。

おかげでこの島に恋を知る娘はいない。

あなたは厄災と一緒に私達の恋心まで持ち去ってしまった。

勇者は二度と現れない。

あなたのような勇者は二度と現れない。

あとがき

『追放されたS級鑑定士は最強のギルドを創る』最終巻をお買い上げいただきありがとうございます。6巻にわたって追放された鑑定士の物語を描いてきた本作ですが、これにて一旦幕引きとさせていただきます。本作は、なろうの『追放系』と呼ばれるジャンルのプロットに鑑定スキル、人材育成というテーマを組み合わせた作品です。

ここ数十年、巷《ちまた》ではコストカットの煽《あお》りを受けて、人件費の削減が進められていますが、それが行き過ぎた結果、削ってはいけない人材まで削ることになっています。すなわち部下の個性を見抜き適材適所に配置できる。部下を育成し長所を伸ばすことができる。そのような人材です。現況の厳しいコスト競争に耐え抜き、部下を育成できる、そんな理想的な上司キャラクターを描けていたかどうか、正直至らぬ部分は多々あったかと思いますが、また機会があれば描いてみたいテーマです。

最後に、ここまで本作を書き進めることができたのはひとえに応援してくださった読者の皆様、製本に携わってくださった編集者様、素敵なイラストを描いてくださったふーろ様、他関係者の皆様のおかげです。本当にありがとうございました。

また、次の作品でお会いできることを願って。

瀬戸《せと》夏樹《なつき》

OVERLAP

追放されたS級鑑定士は
最強のギルドを創る 6

発　行　2022年3月25日　初版第一刷発行

著　者　瀬戸夏樹
発行者　永田勝治
発行所　株式会社オーバーラップ
〒141-0031　東京都品川区西五反田 8-1-5
校正・DTP　株式会社鷗来堂
印刷・製本　大日本印刷株式会社

Printed in Japan ISBN 978-4-8240-0129-0 C0193

第10回 オーバーラップ文庫大賞
原稿募集中!
イラスト：冬ゆき
キミが物語の王様
【賞金】
大賞…300万円
（3巻刊行確約＋コミカライズ確約）
金賞……100万円
（3巻刊行確約）
銀賞………30万円
（2巻刊行確約）
佳作………10万円
【締め切り】
第1ターン 2022年6月末日
第2ターン 2022年12月末日
各ターンの締め切り後4ヶ月以内に佳作を発表。通期で佳作に選出された作品の中から、「大賞」、「金賞」、「銀賞」を選出します。
投稿はオンラインで！ 結果も評価シートもサイトをチェック！
https://over-lap.co.jp/bunko/award/
〈オーバーラップ文庫大賞オンライン〉
※最新情報および応募詳細については上記サイトをご覧ください。
※紙での応募受付は行っておりません。